GRAHAM GREENE

Dr. Fischer aus Genf
oder
Die Bomben-Party

ROMAN

PAUL ZSOLNAY VERLAG
WIEN · HAMBURG

Berechtigte Übersetzung von
Peter Michael und Hans W. Polak

Der Abdruck des Zitats aus dem Gedicht *Der Seefahrer* von Ezra Pound auf Seite 102 erfolgt mit freundlicher Genehmigung des Verlags der Arche und ist dem Band *Personae Masken, der Ausgewählten Werke erster Teil,* in der Übersetzung von Eva Hesse, Zürich 1959 entnommen.

Originaltitel: Doctor Fischer of Geneva or The Bomb Party

Umschlag und Einband: Walther Götlinger
Druck: Ferdinand Berger & Söhne, 3580 Horn
Bindung: J. Strobl, Wien
Printed in Austria
ISBN 3-552-03223-1

CIP-Kurztitelaufnahme der Deutschen Bibliothek
Greene, Graham:
D[okto]r Fischer aus Genf oder die Bombenparty : Roman / Graham Greene. [Berecht. Übers. von Peter Michael u. Hans W. Polak]. — Wien, Hamburg : Zsolnay, 1980.
Einheitssacht.: Doctor Fischer of Geneva or the bomb party ‹dt.›
ISBN 3-552-03223-1

Für meine Tochter Caroline Bourget,
an deren Weihnachtstafel in Jongny
mir diese Geschichte einfiel.

„Wer einmal seine Freunde schon bewirtet hat,
weiß, wie es schmeckt,
als Caesar sich zu fühlen.“

Herman Melville

I

Ich glaube, ich habe nie einen Mann mehr gehaßt als Dr. Fischer, genauso, wie ich gewiß keine andere Frau mehr geliebt habe als seine Tochter. Wie sonderbar, daß sie und ich einander überhaupt begegneten, von Heirat gar nicht zu reden. Anna-Luise und ihr Millionärsvater lebten in Versoix bei Genf, in einer großen weißen Villa am See, während ich in Vevey als Übersetzer und Korrespondent bei einer riesigen gläsernen Schokoladenfabrik angestellt war. Welten lagen sozusagen zwischen uns, nicht bloß ein Kanton. Während ich meine Arbeit morgens um 8 Uhr 30 begann, schlummerte sie noch in ihrem in weiß und rosa gehaltenen Boudoir, das, so erzählte sie mir, wie Zuckerguß auf einem Hochzeitskuchen aussah, und wenn ich die Fabrik verließ, um anstelle eines Mittagessens rasch irgendwo ein Sandwich zu essen, saß sie wahrscheinlich gerade im Negligee vor dem Spiegel und frisierte sich. Aus dem Erlös ihrer Bonbons zahlten mir meine Arbeitgeber dreitausend Franken monatlich, was vermutlich ungefähr der Hälfte eines Stundeneinkommens von Dr. Fischer entsprach, der vor vielen Jahren Dentophil-Duft erfunden hatte, eine Zahnpaste, die die Menschheit vor jenen Zahnschäden bewahren sollte, welche sie sich durch zu reichlichen Genuß unserer Pralinen zuzog. Das Wort Duft sollte auf die verschiedenen Parfümierungen hinweisen, und auf dem ersten Plakat war ein geschmackvoller Blumenstrauß abgebildet. „Was ist Ihre Lieblingsblume?“ Später dann sah man Photos bezaubernd schöner Mädchen in sanften Farben, die alle eine Blume zwischen den Zähnen hielten, und zwar jedes Mädchen eine andere.

Aber ich verabscheute Dr. Fischer nicht wegen seines Reichtums. Ich haßte ihn für seinen Hochmut, seine Menschenverachtung und seine Bosheit. Er liebte niemanden, nicht einmal seine Tochter. Ja nicht einmal die Mühe, sich unserer Heirat zu widersetzen, machte er sich, weil er für mich nicht mehr Verachtung aufbrachte als für seine sogenannten Freunde, die sich sogleich um ihn scharten, wenn er nur mit dem kleinen Finger winkte. Anna-Luise nannte sie Kriechtiere, weil sie das Englische nicht perfekt beherrschte. Sie meinte natürlich Kriecher, aber ich übernahm bald die Bezeichnung, die sie ihnen gegeben hatte. Zu den Kriechtieren gehörten ein Filmschauspieler und Trunkenbold namens Richard Deane, dann der Oberstdivisionär Krueger — ein sehr hoher Rang in der Schweizer Armee, die nur in Kriegszeiten über einen General verfügt —, ein Anwalt für internationales Recht, Mr. Kips, der Steuerberater Monsieur Belmont und eine Amerikanerin mit blaugefärbtem Haar, die Mrs. Montgomery hieß. Der General, wie ihn einige der übrigen nannten, befand sich im Ruhestand, Mrs. Montgomery war behaglich verwitwet, und sie allesamt hatten sich in der Umgebung von Genf aus denselben Gründen angesiedelt, nämlich entweder um sich den Steuergesetzen in ihrer Heimat zu entziehen, oder um von den kantonalen Bestimmungen zu profitieren. Als ich sie kennenlernte, waren Dr. Fischer und der Divisionär die einzigen Schweizer Staatsbürger in der Gruppe, und Fischer war weitaus der reichste unter ihnen. Er herrschte über sie alle, mit Zuckerbrot und Peitsche. Sie waren zwar selber sehr wohlhabend, aber wie sie sich das Zuckerbrot schmecken ließen! Nur dieses Zuckerbrots wegen fanden sie sich mit seinen abscheulichen Abendgesellschaften ab, bei denen sie immer zuerst gedemütigt („Haben Sie denn keinen Sinn für Humor?" fragte er wahrscheinlich anfangs noch bei diesen Abendessen) und danach belohnt wurden. Mit der Zeit lernten sie es, zu lachen, bevor noch die Pointe kam. Sie selbst hielten sich für eine Gruppe Auserlesener — denn es gab in und um Genf viele Leute, die sie wegen der Freundschaft mit dem großen Dr. Fischer beneideten. (Was für eine Art Doktor er war, weiß ich bis heute nicht. Vielleicht hatten sie den Titel nur erfunden, um ihm zu schmeicheln, so wie sie den Oberstdivisionär „General" nannten.)

Wie es kam, daß ich mich in Fischers Tochter verliebte? Das bedarf keiner Erklärung. Sie war jung und hübsch, war herzlich und zugleich intelligent, und bis heute kann ich nicht an sie denken, ohne daß mir die Tränen aufsteigen; aber welcher geheimnisvolle Umstand mag ihre Liebe zu mir bewirkt haben? Mehr als dreißig Jahre lagen zwischen uns, als wir einander begegneten, und an mir war gewiß nichts, was ein Mädchen ihres Alters anziehend finden konnte. In jungen Jahren hatte ich als Luftschutzwart bei einem Fliegerangriff auf London die linke Hand verloren, in einer Dezembernacht des Jahres 1940, als die Innenstadt in Flammen stand — und die kleine Rente, die mir nach Kriegsende zugestanden wurde, erlaubte mir gerade, mich in der Schweiz niederzulassen, wo es mir die dank meiner Eltern erworbenen Sprachkenntnisse ermöglichten, ein bescheidenes Einkommen zu erlangen. Mein Vater hatte im diplomatischen Dienst einen unbedeutenden Rang eingenommen, und deshalb hatte ich meine Kindheit in Frankreich, in der Türkei und in Paraguay zugebracht und die jeweiligen Landessprachen erlernt. Durch einen seltsamen Zufall starben meine Eltern beide in derselben Nacht, in der ich meine Hand verlor; sie wurden unter den Trümmern eines Hauses in Westkensington verschüttet, während meine Hand irgendwo in Leadenhall Street unweit der Bank von England blieb.

Wie alle Diplomaten beschloß auch mein Vater sein Leben als Ritter, Sir Frederick Jones — ein Name, den, dank dem noblen Titel davor, niemand in England komisch oder ungewöhnlich fand, obwohl ich entdecken sollte, daß in den Augen Dr. Fischers ein simpler A. Jones lächerlich wirkte. Unglückseligerweise hatte sich mein Vater neben seinem diplomatischen Dienst vor allem dem Studium der Geschichte der Angelsachsen gewidmet und hatte mich, natürlich mit Zustimmung meiner Mutter, auf den Namen eines seiner Helden, nämlich Alfred, taufen lassen (ich glaube, vor Aelfred war sie zurückgezuckt). Aus irgendwelchen unerfindlichen Gründen gilt heutzutage in bürgerlichen Kreisen dieser Vorname als ordinär: er paßt ausschließlich zur Arbeiterklasse und wird meist zu Alf verstümmelt. Vielleicht war auch das der Grund, weshalb Dr. Fischer, der Erfinder von Dentophil-Duft, mich immer nur Jones nannte, selbst nach meiner Hochzeit mit seiner Tochter.

Aber Anna-Luise — was mochte sie an einem Mann in den Fünfzigern Anziehendes gefunden haben? Vielleicht suchte sie einen verständnisvolleren Vater, als es Dr. Fischer war, so wie ich vielleicht unbewußt einen ähnlichen Kurs steuerte und mehr eine Tochter als eine Ehefrau suchte. Zwanzig Jahre früher war meine Frau im Kindbett gestorben und hatte unser Kind mit sich genommen, von dem mir die Ärzte sagten, es wäre eine Tochter geworden. Ich liebte meine Frau, war aber noch nicht in dem Alter, in dem ein Mann weiß, was wahre Liebe bedeutet, und vielleicht war auch alles zu schnell gegangen. Ich bezweifle, daß man je aufhören kann zu lieben, aber Verliebtheit endet so unvermittelt, wie man der Verehrung für einen Schriftsteller entwächst, den man als junger Mensch bewundert hat. Die Erinnerung an meine Frau verblaßte schnell genug, und es war nicht Beständigkeit, die mich abhielt, mich nach einer anderen Frau umzusehen — daß ich eine gefunden hatte, die mich trotz meiner

Handprothese aus Plastik und meinem bescheidenen Einkommen zum Liebhaber nahm, war fast schon ein Wunder gewesen, und ich durfte nicht erwarten, daß sich so ein Wunder wiederholte. Wenn der Wunsch nach einer Frau übermächtig wurde, konnte ich mir jederzeit einen Koitus leisten, selbst hier in der Schweiz, nachdem ich eine Anstellung in der Bonbonsfabrik gefunden hatte und daher meine Rente und das Wenige, das mir meine Eltern hinterließen, aufbessern konnte (es war sehr wenig, aber da sie ihr Kapital in Kriegsanleihen angelegt hatten, brauchte ich wenigstens keine englischen Steuern dafür zu bezahlen).

Anna-Luise und ich begegneten einander bei belegten Brötchen. Ich hatte mein übliches Mittagsmahl bestellt, und sie wollte eine Kleinigkeit essen, ehe sie eine einfache alte Frau in Vevey besuchte, die bei ihr Kinderfrau gewesen war. Ich stand auf und ging zur Toilette, noch ehe mein Sandwich gebracht wurde; um meinen Platz zu reservieren, legte ich eine Zeitung auf den Stuhl, und Anna-Luise setzte sich auf den Stuhl gegenüber, weil sie die Zeitung nicht gesehen hatte. Als ich zurückkam, bemerkte sie glaube ich, meine Handprothese — obwohl ich einen Handschuh darüber gezogen hatte —, und wahrscheinlich deshalb entschuldigte sie sich weder, noch räumte sie den Tisch. (Ich habe schon erwähnt, wie warmherzig sie war. Sie hatte nichts von ihrem Vater. Ich wünschte, ich hätte ihre Mutter gekannt.)

Unsere Sandwiches wurden gleichzeitig gebracht — ihres mit Schinken, meines mit Käse belegt; sie hatte Kaffee bestellt, ich Bier, und einen Augenblick lang herrschte Verwirrung bei der Kellnerin, weil sie annahm, wir gehörten zusammen ... So geschah es, daß wir das ganz plötzlich auch wirklich taten, wie Freunde, die einander nach Jahren der Trennung begegnen. Ihr Haar war mahagonifarben und schimmerte wie poliert, sie hatte langes Haar, das sie aufgesteckt trug und mit einer Schildpattspange befestigt hatte. Ich glaube, man nennt das „auf chinesische Art"; und noch während ich ihr höflich guten Appetit wünschte, stellte ich mir vor, daß ich die Spange öffnete, so daß sie zu Boden und ihr Haar über ihren Rücken fiel. Sie sah so anders aus als die Schweizer Mädchen, die ich täglich auf der Straße traf, mit ihren hübschen frischen Gesichtern wie Milch und Honig, mit ihren blankgeputzten Augen, die einen durch nichts zu erschütternden Mangel an Erfahrung verrieten. Sie hatte genug Erfahrung gesammelt, in der Zeit ihres Zusammenlebens mit Dr. Fischer, nach dem Tod ihrer Mutter.

Noch ehe wir unsere Sandwiches gegessen hatten, stellten wir uns vor, und als sie sagte, sie heiße „Fischer", rief ich, „doch nicht eine Verwandte von *diesem* Fischer?"

„Ich weiß nicht, wen Sie mit ‚diesem' Fischer meinen."

„Den Dr. Fischer mit den Abendessen", sagte ich. Sie nickte, und ich merkte, daß ich sie verletzt hatte.

„Ich bin nie dabei", sagte sie, und ich beeilte mich zu versichern, daß Gerüchte ja immer alles übertrieben.

„Nein“, erwiderte sie, „diese Abendessen sind abscheulich.“

Vielleicht wollte sie nur das Thema wechseln, jedenfalls sprach sie mich direkt auf meine Kunststoffhand an, über die ich immer einen Handschuh ziehe, damit man nicht sieht, wie häßlich sie ist. Die meisten Menschen tun, als bemerkten sie nichts, obwohl sie oft einen verstohlenen Blick darauf werfen, wenn sie glauben, ich sei mit anderen Dingen beschäftigt. Ich erzählte ihr von dem Luftangriff auf die Londoner Innenstadt in jener Nacht und wie noch in der Ferne, über dem Westend, der Widerschein der Flammen den Himmel so hell beleuchtete, daß man um ein Uhr früh im Freien ein Buch lesen konnte. Ich war unweit der Tottenham Court Road stationiert, und man setzte uns im Ostteil der Stadt erst in den Morgenstunden ein. „Mehr als dreißig Jahre ist das jetzt her“, sagte ich, „aber immer noch kommt mir vor, als seien erst ein paar Monate seit damals vergangen.“

„Das war das Jahr, in dem mein Vater heiratete. Meine Mutter hat mir erzählt, was für ein ungeheures Fest er nach der Trauung gegeben hat. Damals hatte er schon mit Dentophil-Duft ein Vermögen verdient, wissen Sie“, fügte sie hinzu, „die Schweiz war ein neutrales Land, und die Reichen betraf die Lebensmittelrationierung eigentlich nicht. Wahrscheinlich könnte man sagen, daß das die erste seiner Abendgesellschaften war. Jede Dame erhielt als Geschenk französisches Parfum und jeder Herr einen goldenen Sektquirl — damals hatte er noch ganz gern Damen an seinem Tisch. Die Party dauerte bis fünf Uhr früh. Ich stelle mir eine Hochzeitsnacht anders vor."

„Die Bombenflugzeuge drehten erst gegen fünf Uhr dreißig ab", sagte ich. „Da lag ich schon in meinem Spitalsbett, aber ich hörte die Entwarnung vom Bett aus." Wir bestellten jeder noch ein Sandwich, aber sie ließ mich ihres nicht bezahlen. „Ein andermal", sagte sie, und es klang wie ein Versprechen, daß wir einander zumindest einmal noch sehen würden. Die Bombennacht und das Sandwichessen — das sind Erinnerungen, die mir am deutlichsten und unmittelbarsten im Gedächtnis blieben, deutlicher sogar noch als die Erinnerung an den Tag, an dem Anna-Luise starb.

Wir aßen die Sandwiches, und ich sah ihr nach, bis sie verschwunden war. Dann ging ich in mein Büro und zu den fünf spanischen und drei türkischen Briefen zurück, die auf meinem Schreibtisch lagen und in denen es um eine neue Sorte Milchschokolade mit Whiskygeschmack ging. Bestimmt würde man behaupten, sie schade dem Zahnfleisch nicht, vorausgesetzt, man verwendete Dentophil-Duft.

2

So begann es also mit uns, aber ein Monat verging über vereinzelten Zusammenkünften in Vevey, gelegentlichen Besuchen klassischer Filme in einem kleinen Kino in Lausanne, das etwa auf halbem Weg zwischen ihrem Haus und meiner Wohnung lag, bevor ich merkte, daß wir uns verliebt hatten und daß sie bereit war, mit mir „ins Bett zu gehen“, eine seltsame Phrase, denn gewiß hatten wir längst mehr als nur den Tisch geteilt, damals schon, als wir vor Schinken- und Käsebrötchen saßen. Wir waren wirklich ein sehr altmodisches Paar, und ich machte ihr einen Heiratsantrag an jenem Nachmittag — es war ein Sonntag —, als wir zum erstenmal miteinander in meinem Bett lagen, daß ich am Morgen nicht zugedeckt hatte, weil ich nicht ahnte, daß sie nach unserem Rendezvous in dem Teesalon, in dem wir einander begegnet waren, bereit sein würde, zu mir nach Hause zu kommen. Was ich sagte, war: „Ich wünschte, wir könnten heiraten.“

„Und warum können wir das nicht?“ fragte sie. Sie lag auf dem Rücken, schaute zur Decke auf, und die Haarspange aus Schildpatt, die man in der französischen Schweiz *barette* nennt, lag auf dem Fußboden, und ihr Haar war über das Kissen gebreitet.

„Dr. Fischer", sagte ich. Ich haßte ihn, noch ehe ich ihn kennengelernt hatte, und ihn „dein Vater" zu nennen, brachte ich nicht über die Lippen. Hatte sie mir nicht bestätigt, daß alle Gerüchte über seine Parties stimmten?

„Wir brauchen ihn nicht zu fragen", sagte sie. „Ich glaube, daß es ihm ohnehin völlig gleichgültig wäre."

„Ich habe dir ja gesagt, was ich verdiene. Viel ist das nicht für zwei, nach Schweizer Begriffen."

„Wir werden schon auskommen. Ich habe ein bißchen was von meiner Mutter geerbt."

„Aber denk doch, wie alt ich bin. Ich könnte dein Vater sein", fügte ich hinzu, weil mir einfiel, daß ich vielleicht eben das war, ein Ersatz für den ungeliebten Vater und daß ich mein Glück Dr. Fischer verdankte. „Ich könnte sogar dein Großvater sein, wenn ich früh genug angefangen hätte."

Sie sagte: „Na und? Du bist mein Geliebter und mein Vater, mein Kind und meine Mutter, du bist die ganze Familie — die einzige Familie, die ich will", und sie bedeckte mit ihren Lippen meinen Mund, so daß ich nichts erwidern konnte; und sie drückte mich auf das Bett nieder, so daß ihr Blut sich auf meinen Beinen und auf dem Bauch verschmierte, und so geschah es, daß wir, ob zum Schaden oder Nutzen, Hochzeit hielten, ohne den Segen Dr. Fischers oder auch den eines Priesters. Mit unserer Art, die Ehe zu schließen, scherten wir uns nicht um Recht und Gesetz, und deshalb konnte es auch keine Scheidung nach dem Gesetz geben. Wir nahmen einander, was auch geschehen mochte, und für immer.

Sie fuhr in die weiße Villa am See zurück und packte einen Koffer (erstaunlich, was eine Frau alles in einem einzigen Koffer unterbringen kann) und verließ das Haus wieder, ohne mit irgend jemandem ein Wort zu sprechen. Erst nachdem wir einen Schrank gekauft hatten, ein paar Einrichtungsgegenstände für die Küche (ich besaß nicht einmal eine Bratpfanne) und eine bequemere Matratze für unser Bett, nach ungefähr drei Tagen also, sagte ich: „Er muß sich doch fragen, wo du bist." „Er" — nicht „dein Vater".

Sie steckte sich das Haar auf, nach chinesischer Art, wie ich es an ihr liebte. „Er hat es vielleicht noch nicht bemerkt", sagte sie.

„Eßt ihr denn nicht zusammen?"

„Ach, er ißt oft außer Haus."

„Besser, ich gehe hin und rede mit ihm."

„Warum?"

„Damit er dir nicht die Polizei auf die Fersen hetzt."

„Sie würden sich kein Bein ausreißen", meinte sie. „Ich bin nicht mehr minderjährig. Wir haben kein Verbrechen begangen."

Aber so sicher war ich mir da nicht, ob ich nicht doch eines begangen hatte — ich, ein Mann über fünfzig, ein Krüppel mit nur einer Hand, der den ganzen Tag lang Geschäftsbriefe über Bonbons schrieb, hatte ein Mädchen bewogen, mit ihm zu leben, das noch nicht einmal einundzwanzig war:

ein Verbrechen nach den Buchstaben des Gesetzes war das natürlich nicht, wohl aber eines in den Augen eines Vaters. „Wenn du unbedingt willst“, sagte sie, „dann geh hin. Aber gib acht auf dich. Versprich mir, daß du sehr achtgeben wirst.“

„Ist er denn so gefährlich?“

„Ein Satan“, sagte sie.

3

Ich nahm mir einen Tag arbeitsfrei und fuhr, immer den See entlang, hin, doch beinahe wäre ich umgekehrt, als ich die Ausmaße des Grundstücks sah, die Silberbirken und Trauerweiden und den sanften Schwung der riesigen Rasenfläche, die sich bis zu der von Säulen flankierten Eingangshalle hinzog. Ein schlafender Windhund lag im Gras wie ein Wappentier. Ich hatte das Gefühl, ich sollte lieber den Lieferanteneingang benutzen.

Als ich läutete, öffnete mir ein Mann in weißer Jacke die Tür. „Dr. Fischer?" fragte ich.

„Ihr Name?" antwortete er brüsk.

„Mr. Jones."

Er führte mich über ein paar Stufen in eine Art Vorhalle mit zwei Sofas, mehreren Fauteuils und einem großen Lüster. Eine ältere Frau mit blaugetöntem Haar, einem blauen Kleid und vielen Goldarmbändern hatte sich auf einem der Sofas niedergelassen. Der Mann in der weißen Jacke verschwand.

Wir musterten einander, und dann sah ich mich in dem Raum um. Ich dachte an den Ursprung all dieses Reichtums — Dentophil-Duft. Man konnte sich die Halle als Wartezimmer eines sehr teuren Zahnarztes vorstellen und uns beide als Patienten, die hier saßen und auf die Behandlung warteten. Nach einiger Zeit sagte die Frau auf englisch mit leichtem amerikanischem Akzent: „Er hat so viel zu tun, nicht? Selbst seine Freunde muß er warten lassen. Ich bin Mrs. Montgomery."

„Ich heiße Jones", sagte ich.

„Ich glaube, ich habe sie noch nie bei einer seiner Partys gesehen."

„Nein."

„Natürlich versäume auch ich ab und zu eine. Man ist nicht immer hier. Das kann man ja nicht, oder? Nicht immer."

„Wahrscheinlich nicht."

„Richard Deane kennen Sie natürlich?"

„Nein, wir sind uns nie begegnet. Aber ich habe manches über ihn in der Zeitung gelesen."

Sie kicherte. „Ach, Sie sind ein Schlimmer, das merk ich schon. Kennen Sie General Krueger?"

„Nein."

„Aber Mr. Kips müssen Sie doch wohl kennen?" fragte sie, und in ihrer Stimme lag etwas wie Besorgnis und Unglauben.

„Ich habe von ihm gehört", sagte ich. „Er ist Steuerberater, nicht wahr?"

„Nein, aber nein, das ist Monsieur Belmont. Wie sonderbar, daß Sie Mr. Kips nicht kennen."

Eine Erklärung schien nötig. Ich sagte also: „Ich bin mit seiner Tochter befreundet."

„Aber Mr. Kips ist nicht verheiratet."

„Ich meine, mit Dr. Fischers Tochter."

„Ach so", sagte sie, „die habe ich nie kennengelernt. Sie lebt ja sehr zurückgezogen. Man sieht sie nie bei Dr. Fischers Partys. Ein Jammer. Wir alle würden sie gern näher kennenlernen."

Der Mann in der weißen Jacke kam zurück und sagte in einem Ton, den ich ziemlich unverschämt fand: „Dr. Fischer hat ein wenig Fieber, Madame, und bedauert, Sie nicht empfangen zu können."

„Fragen Sie ihn doch, ob er irgend etwas braucht — ich würde es gleich für ihn besorgen. Vielleicht schöne Muskatellertrauben?"

„Dr. Fischer hat Muskatellertrauben."

„Das war ja nur ein Beispiel. Fragen Sie ihn doch, ob ich nicht irgendwas für ihn tun kann, irgendwas, ganz gleichgültig was."

Es läutete an der Eingangstür, und der Diener, der es verschmähte zu antworten, ging öffnen. Als er die Treppe zur Vorhalle wieder heraufkam, folgte ihm ein magerer alter Mann, der so gebeugt ging und den Kopf so weit vorstreckte, daß er, wie ich fand, aussah wie die Zahl sieben. Den linken Arm hielt er an die Seite gepreßt, so daß er wie der Querstrich wirkte.

„Er ist erkältet", sagte Mrs. Montgomery, „er kann uns nicht empfangen."

„Mr. Kips hat eine Verabredung", sagte der Diener, und ohne uns weiter zu beachten, führte er Mr. Kips die Marmortreppe hoch. Ich rief ihm nach: „Bestellen Sie Dr. Fischer, daß ich eine Nachricht von seiner Tochter für ihn habe."

„Ein bißchen Fieber hat er!" rief Mrs. Montgomery. „Glauben Sie nur das nicht. Da geht es nicht zu seinem Schlafzimmer. Da geht es in sein Arbeitszimmer. Aber Sie kennen sich natürlich in diesem Haus aus."

„Ich bin zum erstenmal hier."

„Ach, so ist das. Jetzt verstehe ich — Sie gehören nicht zu uns."

„Seine Tochter lebt mit mir."

„Also wirklich", sagte sie. „Wie interessant und wie offenherzig. Ein schönes Mädchen, höre ich. Aber gesehen habe ich sie nie. Wie schon erwähnt, sie mag Parties nicht." Sie fuhr sich in die Frisur, ihre goldenen Armreifen klingelten. „Die ganze Verantwortung liegt auf mir, wissen Sie", sagte sie. „Sooft Dr. Fischer eine Party gibt, muß ich alle Hausfrauenpflichten übernehmen. Außer mir werden jetzt keine Frauen eingeladen. Ich fühle mich sehr geehrt, natürlich — aber immerhin ... General Krueger sucht meistens den Wein aus ... Falls Wein gereicht wird", fügte sie geheimnisvoll hinzu. „Der General ist ein großer Connaisseur."

„Gibt es denn nicht immer Wein bei seinen Partys?" fragte ich.

Sie musterte mich stumm, als wäre meine Frage eine Unverschämtheit. Dann lenkte sie ein. „Dr. Fischer", sagte sie, „hat viel Sinn für Humor. Erstaunlich, daß er Sie nie zu einer seiner Partys gebeten hat; unter den besonderen Umständen freilich ginge es vielleicht nicht. Wir sind eine *sehr kleine* Gruppe", erklärte sie. „Wir sind miteinander sehr befreundet, und wir schätzen Dr. Fischer alle ungemein, ja, ganz ungemein schätzen wir ihn.

Aber wenigstens Monsieur Belmont werden Sie doch kennen — Monsieur Henri Belmont? Er löst jedes Steuerproblem."

„Ich habe keine Steuerprobleme", mußte ich zugeben.

Ich saß auf dem anderen Sofa unter dem großen Kristallüster und begriff endlich, daß sie meine Feststellung beinahe so schockierte wie eine obszöne Bemerkung. Es war nicht zu übersehen, Mrs. Montgomery hatte peinlich berührt den Blick abgewandt.

Trotz des Adelstitels meines Vaters, der ihm eine Weile zu einer Eintragung in *Who's Who* verholfen hatte, fühlte ich mich in Mrs. Montgomerys Gesellschaft als Ausgestoßener, und um meine Schande noch zu vergrößern, tänzelte jetzt der Diener die Treppe herunter und verkündete, ohne mich eines Blickes zu würdigen: „Dr. Fischer ist bereit, Mr. Jones Donnerstag um fünf Uhr zu empfangen." Und damit entschwand er in unbekannte Regionen der Prunkvilla, die — wie sonderbar, sich das vorzustellen — bis vor ganz kurzer Zeit Anna-Luises Zuhause gewesen war.

„Nun also, Mr. Jones, so heißen Sie doch? Ich freue mich, Sie kennengelernt zu haben. Ich bleibe noch ein bißchen, weil ich von Mr. Kips hören möchte, wie es unserem Freund geht. Wir können diesen lieben Menschen doch nicht im Stich lassen."

Erst viel später wurde mir klar, daß ich meine ersten beiden Kriechtiere getroffen hatte.

4

„Gib es auf“, schlug Anna-Luise vor. „Du bist ihm nicht verpflichtet. Du gehörst nicht zu den Kriechtieren. Er weiß genau, wo ich jetzt bin.“

„Er weiß nur, daß du mit jemandem lebst, der Jones heißt — mehr nicht.“

„Wenn er will, erfährt er alles — deinen Namen, Beruf, wo du arbeitest, alles. Du bist als Ausländer gemeldet. Die Polizei hat dich registriert. Er braucht nur anzufragen.“

„Die Register sind nicht öffentlich zugänglich.“

„Glaub nur ja nicht, daß meinem Vater irgend etwas nicht zugänglich ist, wenn er will. Wahrscheinlich sitzt sogar bei der Polizei ein Kriechtier.“

„Wenn man dir so zuhört, könnte man glauben, er sei der liebe Gott — Sein Wille geschehe, wie auf Erden so auch im Himmel.“

„Die Beschreibung paßt.“

„Du machst mich wirklich neugierig.“

„Dann geh doch hin, wenn du nicht anders kannst“, sagte sie. „Aber gib acht. Bitte, gib acht. Und gib ganz besonders acht, wenn er dir zulächelt.“

„Ein Dentophil-Lächeln“, spottete ich, denn wir beide verwendeten tatsächlich diese Zahnpaste. Mein Zahnarzt hatte sie empfohlen. Vielleicht war er auch ein Kriechtier.

„Erwähne nur ja nie Dentophil", sagte sie. „Er kann es nicht leiden, daß man ihn erinnert, womit er sein Vermögen verdient hat."

„Verwendet er sie denn nicht selbst?"

„Nein. Er verwendet ein sogenanntes Water-Pik. Sprich besser überhaupt nicht von Zähnen, sonst glaubt er, du machst dich über ihn lustig. Er spottet über andere, aber ihn darf niemand verspotten. Spott ist *sein* Monopol."

Als ich am Donnerstag um vier Uhr zu arbeiten aufhörte, war die Courage verflogen, die ich im Gespräch mit Anna-Luise empfunden hatte. Wer war ich denn? Ein Mensch namens Alfred Jones, mit einem Gehalt von dreitausend Franken, ein Mann in den Fünfzigern, Angestellter einer Schokoladenfabrik. Meinen Fiat hatte ich bei Anna-Luise stehenlassen; ich nahm den Zug nach Genf und ging vom Bahnhof zu einem Taxistandplatz. Ganz in der Nähe dort gab es etwas, das man in der Schweiz ein Pub Anglais nennt, und das, wie zu erwarten, Winston Churchill hieß. Das Wirtshausschild war verwaschen, das Lokal war getäfelt, hatte Butzenscheiben (unerfindlicherweise geschmückt mit den weißen und roten Rosen von York und Lancaster) und einen englischen Bartresen mit Bierkrügen aus Steingut, wahrscheinlich den einzigen echten Antiquitäten hier, denn die holzgeschnitzten Sitzbänke und die nachgemachten Fässer, die als Tische dienten, an denen man das künstlich unter Druck gehaltene Bier von Whitbread trank, verdienten diese Bezeichnung wohl nicht. Die Öffnungszeiten waren dankenswerterweise nicht die original englischen, und ich plante, mir ein wenig Mut anzutrinken, ehe ich ein Taxi bestieg.

Da das Faßbier beinahe so teuer war wie der Whisky, bestellte ich Whisky. Ich wollte mit einem Menschen reden, um mich abzulenken, deshalb stellte ich mich an die Bar und versuchte den Wirt in ein Gespräch zu verwickeln.

„Kommen viele Engländer her?“ fragte ich.

„Nein.“

„Warum nicht? Ich könnte mir vorstellen ...“

„Kein Geld“. Er war Schweizer und nicht sehr zugänglich.

Ich trank noch einen Whisky und ging. Den Taxifahrer fragte ich: „Kennen Sie Dr. Fischers Haus in Versoix?“ Er stammte aus der französischen Schweiz und war gesprächiger als der Barkeeper.

„Wollen Sie den Doktor besuchen?“ fragte er.

„Ja.“

„Seien Sie bloß vorsichtig.“

„Warum? Er ist doch nicht gemeingefährlich, oder?“

„Un peu farfelu“, sagte er.

„In welcher Beziehung?“

„Haben Sie denn noch nichts von seinen Partys gehört?“

„Nur Gerüchte. Niemand kann einem etwas Genaueres sagen.“

„Ah ja, die haben geschworen, alles geheimzuhalten.“

„Wer, die?“

„Die Leute, die er einlädt."

„Wieso weiß man dann von ihnen?"

„Niemand weiß etwas", sagte er.

Derselbe unverschämte Diener öffnete mir die Tür. „Haben Sie eine Verabredung?" fragte er.

„Ja."

„Wie ist der Name?"

„Jones."

„Ich glaube nicht, daß er Sie sehen kann."

„Sie hören doch, ich habe eine Verabredung."

„Ach, Verabredungen", sagte er, und es klang verächtlich. „Alle sagen das, und dann haben sie doch keine."

„Jetzt gehen Sie endlich und melden Sie mich an."

Er runzelte die Stirn und trollte sich, mich ließ er diesmal auf der Schwelle warten. Beinahe wäre ich weggegangen, weil er ziemlich lange fortblieb. Ich hatte ihn im Verdacht zu trödeln. Als er schließlich zurückkehrte, sagte er: „Er will Sie sprechen", und führte mich durch die Halle und über die Marmortreppe hinauf. Über der Treppe hing ein Porträt einer Dame in wallenden Gewändern, die, mit einem Ausdruck großer Zärtlichkeit auf den Zügen, einen Totenschädel in der Hand hielt: ich bin wohl kein Fachmann, aber es sah aus wie ein Original aus dem siebzehnten Jahrhundert, nicht wie eine Kopie.

„Mr. Jones", kündigte mich der Mann an.

Mir gegenüber hinter einem Schreibtisch erblickte ich Dr. Fischer, und ich war überrascht, daß er wie andere Menschen auch aussah (ich hatte so viele Andeutungen und Warnungen bekommen), ein Mann ungefähr in meinem Alter, mit einem roten Schnurrbart und Kopfhaar, das seine feurige Farbe zu verlieren begann — vielleicht färbte er den Schnurrbart. Er hatte Tränensäcke unter den Augen und sehr dicke Lider. So sah ein Mann aus, der nachts nicht schlafen konnte. Er saß hinter seinem großen Schreibtisch auf dem einzigen bequemen Stuhl.

„Setzen Sie sich, Jones“, sagte er, ohne aufzustehen. Auch die Hand reichte er mir nicht. Es klang mehr wie ein Befehl denn wie eine Einladung, aber doch nicht unfreundlich — ebensogut hätte ich einer seiner Angestellten sein können, der gewöhnt war, in seiner Gegenwart zu stehen und dem er nun eine kleine Freundlichkeit erwies. Ich zog mir einen Stuhl heran. Wir schwiegen beide. Schließlich sagte er: „Sie wollten mich sprechen?“

„Ich dachte, Sie wollten wahrscheinlich mich sprechen.“

„Warum sollte ich das?“ fragte er. Er lächelte ein wenig, und mir fiel Anna-Luises Warnung ein. „Ich wußte nicht einmal von Ihrer Existenz, bis zu dem Tag, an dem Sie sich anmeldeten. Übrigens: was verstecken Sie unter diesem Handschuh? Eine Verkrüppelung?“

„Ich habe eine Hand verloren.“

„Ich hoffe, Sie sind nicht gekommen, um mich deshalb zu konsultieren. Ich bin kein Arzt.“

„Ich lebe mit Ihrer Tochter. Wir haben die Absicht zu heiraten.“

„So was ist immer ein schwerer Entschluß“, sagte er, „aber das müssen Sie beide schon selber entscheiden. Mich geht das nichts an. Ist Ihre Verkrüppelung erblich? Ich hoffe, Sie haben über diese wichtige Frage gesprochen?“

„Ich habe meine Hand bei einem Luftangriff auf London verloren“, antwortete ich. Lahm fügte ich hinzu: „Wir hatten das Gefühl, wir sollten es Ihnen sagen.“

„Ihre Hand geht mich doch wohl kaum etwas an.“

„Ich meinte von unserer Hochzeit.“

„Diese Mitteilung hätten Sie mir meiner Ansicht nach leichter schriftlich machen können. Dann hätten Sie sich die Fahrt nach Genf erspart.“ Aus seinem Mund klang das, als lägen zwischen unserer Wohnung in Vevey und Genf ebensolche Welten wie zwischen Vevey und Moskau.

„Sie scheinen nicht sehr viel Anteil an dem Leben Ihrer Tochter zu nehmen.“

„Sie kennen sie wahrscheinlich besser als ich, Jones, wenn Sie sie gut genug kennen, um sie zu heiraten, und Sie haben mir jede Verantwortung abgenommen, die ich vielleicht einmal hatte.“

„Wollen Sie nicht ihre Adresse wissen?“

„Ich nehme doch an, sie wohnt bei Ihnen?“

„Ja“.

„Wahrscheinlich stehen Sie auch im Telephonbuch?“

„Ja, Unter Vevey.“

„Dann brauchen Sie mir die Adresse nicht aufzuschreiben.“ Wieder lächelte er mir tückisch zu. „Also, Jones, es war sehr höflich, daß Sie mich aufgesucht haben, wenn auch nicht wirklich nötig.“ Offensichtlich war das eine Verabschiedung.

„Leben Sie wohl, Dr. Fischer“, sagte ich. Ich war schon fast an der Tür, als er sagte:

„Jones, wissen Sie zufällig über Porridge Bescheid? Echten Porridge meine ich, nicht Haferflocken. Vielleicht daß Sie als Waliser — sie haben einen Waliser Namen —“

„Porridge ist eine schottische Spezialität“, sagte ich, „und nicht walisisch.“

„Aha, da hat man mir was weisgemacht. Vielen Dank, Jones, das wäre alles, glaube ich.“

Als ich heimkam, begrüßte mich Anna-Luise mit verängstigtem Gesicht. „Wie ist es dir ergangen?“

„Mir ist es gar nicht ergangen.“

„War er gemein zu dir?“

„Kann man nicht sagen — er hat uns überhaupt nicht zur Kenntnis genommen, weder dich noch mich.“

„Hat er gelächelt?“

„Ja.“

„Er hat dich nicht zu einer Party eingeladen?“

„Nein.“

„Gott sei Dank!“

„Dr. Fischer sei Dank“, sagte ich, „oder ist das dasselbe?“

5

Eine oder zwei Wochen danach heirateten wir in der *Mairie.* Den Trauzeugen brachte ich aus meinem Büro mit. Von Dr. Fischer hatten wir nichts mehr gehört, obwohl wir ihm eine Anzeige mit dem Hochzeitsdatum geschickt hatten. Wir waren sehr glücklich, um so mehr, als wir ganz unter uns bleiben würden — abgesehen natürlich von unserem Trauzeugen. Wir schliefen miteinander, knapp bevor wir zur *Mairie* fuhren. „Kein Hochzeitskuchen", sagte Anna-Luise, „keine Brautjungfern, kein Priester, keine Familienangehörigen — tadellos. So ist es feierlich — man spürt, was es bedeutet zu heiraten. Sonst, mit dem ganzen Drum und Dran, ist es mehr wie eine Party."

„Eine von Dr. Fischers Partys?"

„Beinahe so schlimm."

Ganz hinten im Trauungssaal der *Mairie* sah ich jemanden stehen, den ich nicht kannte. Ich hatte mich nervös umgeblickt, weil ich halb und halb damit rechnete, Dr. Fischer würde kommen, und entdeckte einen sehr groß gewachsenen mageren Menschen mit eingefallenen Wangen und einem nervösen Zucken am linken Auge, so daß ich einen Moment lang glaubte, daß er mir zublinzelte. Aber da er durch mich hindurchzusehen schien, als ich zurückblinzelte, entschied ich mich, daß er wohl ein Magistratsbeamter sein mußte, der dem Bürgermeister bei der Zeremonie assistierte. Vor dem Tisch hatte man für uns zwei Stühle aufgestellt, und unser Zeuge, ein Monsieur Excoffier, flatterte aufgeregt hinter uns umher. Anna-Luise wisperte mir etwas zu, was ich nicht verstand.

„Was sagst du?“

„Er ist einer von den Kriechtieren.“

„Doch nicht Monsieur Excoffier!“ rief ich überrascht.

„Nein, nein, der Mann ganz hinten.“ Dann begann auch schon die Zeremonie, und die ganze Zeit über empfand ich Unruhe wegen des Mannes hinter uns. Mir fiel die Stelle ein, bei der nach anglikanischem Ritus der Priester die Gemeinde auffordert zu sagen, ob jemand gerechte Ursache kenne oder ein Hindernis wüßte, weshalb die hier anwesenden Brautleute nicht in den heiligen Stand der Ehe treten könnten, und ich mußte immerzu daran denken, daß Dr. Fischer vielleicht eigens zu dem Zweck ein Kriechtier geschickt haben könnte, eine solche Erklärung abzugeben. Aber da die Frage überhaupt nicht gestellt wurde, geschah gar nichts. Alles ging glatt, der Bürgermeister — ich nahm an, es war der Bürgermeister — schüttelte uns die Hand und wünschte uns Glück, um dann schleunigst durch eine Tür hinter dem Tisch das Weite zu suchen. „Jetzt gehen wir aber zusammen was trinken“, sagte ich zu Monsieur Excoffier, denn das war ja wohl das mindeste, wie wir ihm für seine stummen Dienste danken konnten — „eine Flasche Champagner in den Trois Couronnes“.

Aber der magere Mensch stand immer noch im Hintergrund und blinzelte uns zu. „Gibt es nicht einen anderen Ausgang?“ fragte ich den Gemeindebediensteten — wenn er einer war —, und zeigte dabei auf die Tür hinter dem Tisch. Er sagte jedoch nein, ausgeschlossen, das sei ganz ausgeschlossen. Dort dürften wir nicht durch, die Tür sei nicht für Parteien, also blieb uns nichts übrig, als dem Kriechtier gegenüberzutreten. An der Tür verstellte er mir den Weg. „Monsieur Jones, ich bin Monsieur Belmont. Ich habe Ihnen etwas von Dr. Fischer zu übergeben.“ Er steckte mir einen Briefumschlag entgegen.

„Nimm ihn nicht“, sagte Anna-Luise. In unserem Unverstand dachten wir beide, es wäre eine Gerichtsverfügung auf Unterlassung.

„Madame Jones, er sendet Ihnen seine besten Glückwünsche.“

„Sie sind doch Steuerberater, nicht?“ sagte sie. „Was sind seine besten Glückwünsche wert? Muß ich sie einbekennen, beim Finanzamt?“

Ich hatte inzwischen den Briefumschlag geöffnet. Nur eine vorgedruckte Karte steckte drin. „Dr. Fischer bittet ... (er hatte einfach den Namen Jones eingetragen, ohne sich die Mühe zu machen, ein „Herr“ voranzusetzen) „zu einem Treffen seiner Freunde mit Abendessen am ... (hier hatte er „10. November“ ausgefüllt) 20 Uhr 30. U. A. w. g.“

„Ist das eine Einladung?“ fragte Anna-Luise.

„Ja."

„Du darfst sie nicht annehmen."

„Da wäre er sehr enttäuscht", sagte Monsieur Belmont. „Er freut sich ganz besonders auf Monsieur Jones' Kommen, und daß er sich unserem Kreis anschließt. Madame Montgomery ist auch da und natürlich auch Monsieur Kips, und wir hoffen, daß der Divisionär ..."

„Ein Treffen der Kriechtiere", sagte Anna-Luise.

„Kriechtiere? Kriechtiere? Ich kenne dieses Wort nicht. Begreifen Sie doch bitte, er wünscht sich so sehr, Ihren Gatten mit allen seinen Freunden bekannt zu machen."

„Aber diese Einladung gilt ja nicht für meine Frau."

„Unsere Frauen sind alle nicht eingeladen. Überhaupt keine Damen. Das gilt für jede unserer kleinen Zusammenkünfte. Warum, weiß ich nicht. Früher einmal ... aber jetzt bildet nur Madame Montgomery eine Ausnahme. Man könnte sagen, daß sie ganz allein das weibliche Geschlecht repräsentiert." Er machte noch einen mißglückten Versuch, sich populär auszudrücken: „Sie ist eine feine Type."

„Ich schicke noch heute abend meine Antwort ab", sagte ich.

„Sie würden viel versäumen, wenn Sie nicht kämen, glauben Sie mir. Dr. Fischers Partys sind immer sehr unterhaltsam. Er hat einen wunderbaren Sinn für Humor, und er ist so großzügig. Wir amüsieren uns köstlich."

Wir tranken unsere Flasche Champagner mit

Monsieur Excoffier im Trois Couronnes und gingen anschließend nach Hause. Der Champagner war ausgezeichnet, aber das besondere Prickeln dieses Tages war weg. Dr. Fischer hatte Zank zwischen uns gesät, denn nun argumentierte ich heftig, daß es ja eigentlich nichts gab, was ich Dr. Fischer übelnehmen konnte. Er hätte sich ohne weiteres unserer Hochzeit widersetzen oder wenigstens sein Mißfallen darüber ausdrücken können. Statt dessen hatte er mir durch die Überreichung der Einladung zu einer seiner Partys gewissermaßen ein Hochzeitsgeschenk gemacht, das zurückzuweisen flegelhaft wäre.

„Er will, daß du zu den Kriechtieren gehörst."

„Aber sie haben mir doch nichts getan, die Kriechtiere. Sind sie denn so schrecklich, wie du sagst? Drei von ihnen kenne ich schon. Ich gebe ja zu, Mrs. Montgomery hat mir nicht besonders gefallen."

„Sie waren sicher nicht immer Kriechtiere. Er war es, der sie korrumpiert hat, sie alle."

„Man kann einen Menschen nur korrumpieren, wenn er korrumpierbar ist."

„Und woher weißt du, daß du es nicht bist?"

„Das weiß ich gar nicht. Vielleicht tue ich gut daran, mich auf die Probe zu stellen."

„Du willst es also zulassen, daß er dich auf einen hohen Berg führt und dir alle Schätze und Schönheiten dieser Welt zeigt."

„Ich bin nicht Jesus und er ist nicht der Satan, und überhaupt dachte ich, wir sind uns einig, er ist der liebe Gott, obwohl für die verdammten Seelen wahrscheinlich der liebe Gott und Satan einander sehr ähnlich sehen."

„Na gut, geh doch hin", sagte sie „geh nur, du verdammter Idiot."

Unser Streit schwelte dahin wie ein Holzfeuer, das am Erlöschen ist: manchmal scheint es ganz zu verglimmen, aber dann entzündet ein Funken neuerlich ein verkohltes Ästchen, und im nächsten Augenblick flackert eine Flamme wieder auf. Die Kontroverse endete erst, als sie in die Kissen weinte und ich aufgab. „Du hast recht", sagte ich, „ich schulde ihm nichts. Ein Stückchen Karton. Ich gehe nicht hin. Ich verspreche es dir, ich gehe nicht."

„Nein", sagte sie, „du hast schon recht. Ich habe unrecht. Ich weiß ja, du bist kein Kriechtier, aber du wirst es nicht glauben, wenn du nicht zu dieser verdammten Party gehst. Bitte geh, ich bin nicht mehr zornig, ich schwöre es dir. Ich möchte, daß du hingehst." Zuletzt meinte sie noch: „Schließlich ist er doch wirklich mein Vater. Vielleicht ist er gar nicht so böse. Vielleicht verschont er dich. Meine Mutter hat er nicht verschont."

Wir waren übermüdet von unserem Streit. Sie schlief in meinen Armen ein, ohne daß wir uns geliebt hatten, und gleich darauf schlief auch ich.

Am nächsten Morgen schickte ich ihm eine höfliche Antwort. „Mr. A. Jones freut sich, der liebenswürdigen Einladung Folge zu leisten ..." Unwillkürlich dachte ich: Welch ein Aufhebens über ein Nichts, aber da irrte ich, da irrte ich gewaltig.

6

Der Streit wurde nicht wieder aufgenommen. Das war einer der großen Vorzüge von Anna-Luise: auf einen Streit oder eine einmal getroffene Entscheidung kam sie nicht mehr zurück. Als sie einwilligte, mich zu heiraten, wußte ich, sie wollte für immer bei mir bleiben. Nicht ein einzigesmal mehr erwähnte sie die Party, und die folgenden zehn Tage gehörten zu den glücklichsten meines Lebens. Abends aus dem Büro in eine Wohnung zu kommen, die nicht leer stand, den Klang einer Stimme zu hören, die ich liebte, empfand ich als eine ungeheure Veränderung.

Nur ein einzigesmal schien mein Glück ein bißchen gefährdet. Ich mußte zu einer geschäftlichen Besprechung nach Genf fahren, um einen wichtigen spanischen Süßwarenerzeuger aus Madrid zu treffen. Er lud mich zu einem ausgezeichneten Mittagessen im Beau Rivage ein, aber ich konnte die Mahlzeit nicht restlos genießen, denn von den *apéritifs* an redete er von nichts anderem als von Pralinen — ich erinnere mich genau, daß er für sich einen Alexander-Cocktail bestellte, der mit Schokoladestreusel serviert wurde. Nun könnte man glauben, daß Schokoladebonbons nur ein beschränktes Gesprächsthema abgeben, aber dem war nicht so, jedenfalls nicht für einen hervorragenden Süßwarenerzeuger mit revolutionären Einfällen. Zum Dessert nahm er eine Schokoladencreme, die er heftig kritisierte, weil er darin geriebene Orangenschale vermißte. Als ich mich verabschiedete, war ich ein bißchen gallig, so als hätte ich jede Sorte Bonbons verkostet, die meine Firma je hergestellt hatte.

Es war ein feuchtigkeitsgeschwängerter Herbsttag, und ich ging zum Parkplatz, wo ich mein Auto abgestellt hatte. Ich fühlte nur den Wunsch, der Nässe in der Luft und der Nässe des Sees und dem Geschmack von Schokolade zu entkommen, der mich im Hals würgte, als hinter mir eine Frauenstimme ertönte. „Sieh einmal an, Mr. Smith, Sie sind genau der Mann, den ich gesucht habe." Ich wandte mich um und erblickte Mrs. Montgomery in der Eingangstür eines Luxusladens — eine Art Asprey in der Bond Street, aber auf schweizerisch.

Automatisch sagte ich: „Jones."

„Verzeihen Sie mir. Ach, was für ein elendes Gedächtnis ich habe. Ich weiß gar nicht, wie ich auf den Gedanken kam, daß Sie Smith heißen. Aber das spielt jetzt keine Rolle, denn was ich brauche, ist ein Mann. Ganz einfach ein Mann. Nichts sonst."

„Ist das ein Antrag?" fragte ich, aber sie fand es nicht komisch.

Sie antwortete: „Ich bitte Sie, mit mir in diesen Laden zu kommen und vier Gegenstände auszuwählen, die Sie gern besitzen würden — vorausgesetzt, Sie wären so extravagant, hier einzukaufen."

Sie zerrte mich am Arm in den Laden, und der Anblick all dieser Luxusgegenstände verursachte mir ebensolche Übelkeit wie mittags die Schokolade — alles schien hier aus Gold (natürlich achtzehnkarätig) zu bestehen oder aus Platin, obwohl es für ärmere Kunden auch Dinge aus Silber und Schweinsleder gab. Mir fielen die Gerüchte wieder ein, die ich über Dr. Fischers Partys gehört hatte, und ich glaubte zu begreifen, was Mrs. Montgomery suchte. Sie nahm ein rotes Maroquinleder-Etui mit einem goldenen Zigarrenabschneider vom Regal. „Würden Sie so etwas nicht gern besitzen?" Ich hätte ungefähr ein Monatsgehalt dafür opfern müssen.

„Ich rauche keine Zigarren", sagte ich, und dann: „Das sollten Sie nicht nehmen. Hat er nicht diese Zigarrenabschneider den Gästen bei seiner Hochzeitsgesellschaft geschenkt? Ich vermute, Dr. Fischer würde wohl nicht gern zweimal dasselbe geben."

„Wissen Sie das genau?"

„Nein. Wahrscheinlich waren es doch eher Champagnerbesen."

„Aber Sie wissen es nicht ganz sicher?" fragte sie, und ihre Stimme klang enttäuscht, als sie den Zigarrenabschneider zurücklegte. „Sie ahnen gar nicht, wie schwer man es hat, etwas zu finden, was jeden freut — besonders die Männer."

„Wie wär's einfach mit einem Scheck?"

„Schecks kann man nicht verschenken. Das wäre eine Beleidigung."

„Vielleicht wäre keiner von Ihnen beleidigt, vorausgesetzt die Schecks wären groß genug."

Ich beobachtete, daß sie meinen Vorschlag überlegte, und späterer Geschehnisse wegen habe ich Grund anzunehmen, daß sie meine Bemerkung Dr. Fischer gegenüber erwähnt haben muß. Sie sagte: „Das geht nicht. Nein, das geht wirklich nicht. Stellen Sie sich vor, jemand schenkt dem General einen Scheck — das würde ja wie Bestechung aussehen."

„Generäle haben auch früher schon Bestechungen angenommen. Und außerdem kann er gar kein General sein, wenn er bei der Schweizer Armee ist. Wahrscheinlich ist er bloß Divisionär."

„Aber zu denken, daß Mr. Kips einen Scheck bekommt. Nein, es ist nicht vorzustellen. Sagen Sie niemandem, daß ich es Ihnen verraten habe — aber dieser Laden gehört in Wirklichkeit Mr. Kips." Sie dachte angestrengt nach. „Was hielten Sie von einer goldenen Quarzuhr — oder doch besser aus Platin? Nur — vielleicht haben die meisten schon eine."

„Dann könnten sie ja die neue hier im Laden wieder verkaufen."

„Unmöglich. Keinem von uns würde im Traum einfallen, ein Geschenk zu verkaufen. Jedenfalls nicht ein Geschenk von Dr. Fischer."

Ich hatte also richtig geraten, und jetzt war die Katze aus dem Sack. Sie schluckte heftig, als wollte sie zurücknehmen, was sie verraten hatte.

Ich nahm einen schweinsledernen Rahmen für eine Photographie in die Hand. Die Geschäftsführung hatte, als wären Leute, die in diesem Laden einkauften, nicht genügend gewitzt zu erkennen, was man mit einem schweinsledernen Bilderrahmen anfängt, ein Foto von Richard Deane, dem Filmschauspieler, hineingesteckt. Selbst ich war durch Zeitunglesen genügend gebildet, ihn in diesem ältlichen, auf jugendlich getrimmten Schönling mit dem Alkoholikerlächeln zu erkennen.

„Wie wär's damit?"

„Ach, Sie sind ein unmöglicher Mensch", greinte Mrs. Mongomery, aber dennoch muß sie auch diesen scherzhaft gemeinten Vorschlag Dr. Fischer wiedererzählt haben, wie sich herausstellen sollte.

Ich glaube, sie war froh, als ich ging. Ich war ihr keine Hilfe gewesen.

7

„Haßt du eigentlich deinen Vater?“ fragte ich Anna-Luise, nachdem ich ihr alle Ereignisse des Tages, beginnend mit dem Mittagessen und dem spanischen Süßwarenerzeuger, erzählt hatte.

„Ich mag ihn nicht.“ Dann fügte sie hinzu: „Ja, ich glaube wirklich, ich hasse ihn.“

„Warum?“

„Er hat meiner Mutter viel Leid angetan.“

„Wie denn?“

„Durch seinen Hochmut. Seinen teuflischen Hochmut.“ Sie erzählte mir, wie sehr ihre Mutter Musik geliebt hatte, die ihr Vater haßte — es war ohne Zweifel Haß, was er da empfand. Warum Musik ihm zuwider war, begriff sie nicht, aber es war, als verhöhne sie hin, weil er sie nicht verstand, weil er zu dumm dazu war. Dumm? Der Mensch, der Dentophil-Duft erdacht und damit ein Vermögen von vielen Millionen Francs geschaffen hatte, dumm? Ihre Mutter also stahl sich fort zu Konzerten, und bei einem von ihnen traf sie den Mann, der wie sie Musik liebte. Sie kauften sogar gemeinsam Schallplatten ein und spielten sie in seiner Wohnung, ganz im geheimen. Wenn Dr. Fischer wieder einmal von dem Gejaule der Streicher sprach, versuchte sie nun nicht mehr, ihn zu überzeugen — sie brauchte ja nur ein paar Schritte die Straße entlang bis zum Metzgerladen zu gehen, ihren Namen in die Sprechanlage zu sagen, dann den Lift in den dritten Stock zu nehmen und konnte eine Stunde lang Heifetz hören und glücklich sein. Sex gab es nicht für die beiden — Anna-Luise war da ganz überzeugt, um Treue ging es nicht. Sex — das paßte zu Dr. Fischer, und Anna-Luises Mutter hatte daran nie Gefallen gefunden: Sex war gleichbedeutend mit den Gebärschmerzen und mit einem Gefühl großer Verlorenheit, während Dr. Fischer vor Vergnüngen grunzte. Jahrelang hatte sie selbst auch Vergnügen geheuchelt: er war nicht schwer zu täuschen, weil ihn eigentlich nicht interessierte, ob sie Lust empfand oder nicht. Ebensogut hätte sie sich die ganze Mühe sparen können. Das alles hatte sie ihrer Tochter in einem Ausbruch von Hysterie erzählt.

Dann hatte Dr. Fischer entdeckt, was für sie zählte. Er nahm sie ins Verhör, und sie berichtete ihm die Wahrheit und er wollte sie nicht glauben — aber vielleicht glaubte er ihr sogar, nur machte es für ihn keinen Unterschied, ob sie ihn mit einem Mann betrog oder mit einer Schallplatte von Heifetz, einer Platte mit eben jenem Gejaule, das er nicht verstehen konnte. Sie ließ ihn allein zurück, um sich in Gefilde zu begeben, in die er ihr nicht folgen konnte. Seine Eifersucht war so ansteckend, daß sie zu spüren vermeinte, sie sei nicht unbegründet — sie fühlte sich schuldig, doch worin ihre Schuld bestand, wußte sie nicht genau. Sie erbat seine Verzeihung, sie demütigte sich, sie erzählte ihm rückhaltslos alles — sogar welche Platte von Heifetz ihr am meisten Vergnügen bereitete, und seit damals glaubte sie zu spüren, daß er sie noch haßte, während er sie liebte. Ihrer Tochter konnte sie das nicht gut erklären, aber ich vermochte mir vorzustellen, wie es dabei zuging — wie er in sie hineinstieß, als wollte er einen Feind aufspießen. Aber ein einziger letzter Stoß befriedigte ihn nicht. Der Tod durch tausend Wunden mußte es sein. Er behauptete, er hätte ihr vergeben, was ihre Schuldgefühle nur verstärkte, denn natürlich mußte es dazu erst etwas zu verzeihen geben; aber er sagte ihr auch, daß er ihren Betrug nie vergessen könnte — welchen Betrug? Dann weckte er sie nachts und durchbohrte sie wieder und wieder mit seinem Stachelstock. Sie erfuhr, daß er den Namen ihres Freundes entdeckt hatte — dieses harmlosen kleinen Musikliebhabers —, und er ging zu dessen Arbeitgeber und gab ihm fünfzigtausend Francs dafür, daß er den Mann ohne Angabe von Gründen auf die Straße warf. „Der Arbeitgeber war Mr. Kips", sagte sie. Ihr Freund war nur ein kleiner Angestellter — gänzlich unwichtig — beliebig austauschbar, jemand, den man sofort gegen jemand anderen ebenso Unwichtigen auswechseln konnte. Das einzige, was ihn auszeichnete, war seine Liebe zu Musik, und davon ahnte Mr. Kips nichts. Dr. Fischer fühlte sich zusätzlich durch den Umstand gedemütigt, daß der Mann so wenig verdiente. Wäre es ein Millionär wie er gewesen, mit dem sie ihn betrog, hätte es ihm nichts ausgemacht — das glaubte jedenfalls Anna-Luises Mutter. Bestimmt hätte Dr. Fischer Christus dafür verachtet, daß er der Sohn eines Zimmermanns war, hätte sich nicht das Neue Testament mit der Zeit als ein so rauschender kommerzieller Erfolg erwiesen.

„Was wurde aus dem Mann?"

„Meine Mutter hat es nie erfahren", antwortete Anna-Luise. „Er verschwand einfach vom Erdboden. Und meine Mutter verschwand genauso, nach ein paar Jahren. Ich glaube, sie war so wie diese Afrikaner, die durch Willenskraft zu sterben vermögen. Sie hat nur ein einzigesmal mit mir über ihr Privatleben gesprochen, und das habe ich dir alles erzählt. Genau, wie ich es in Erinnerung behielt."

„Und du? Wie hat er dich behandelt?"

„Er hat mich nie schlecht behandelt. Dazu interessierte er sich zu wenig für mich. Aber weißt du, ich glaube, der kleine Angestellte von Mr. Kips, der hat ihn wirklich ins Herz getroffen, und von diesem Stich hat er sich nie mehr erholt. Vielleicht hat er damals gelernt, was es heißt zu hassen und Menschen zu verachten. Deshalb wurden die Kriechtiere nach dem Tod meiner Mutter herbeizitiert, um ihn zu unterhalten. Als erster natürlich Mr. Kips. Er kann nicht sehr glücklich über Mr. Kips gewesen sein. Er hatte sich ja sozusagen vor ihm bloßgestellt. Deshalb also mußte er ihn demütigen, wie er meine Mutter gedemütigt hatte, weil Mr. Kips Bescheid wußte. Er beschäftigte ihn als Anwalt, denn damit verpflichtete er ihn zum Stillschweigen."

„Aber was hat er Mr. Kips angetan?"

„Du weißt natürlich nicht, wie Mr. Kips aussieht."

„O doch. Ich sah ihn, als ich zum erstenmal versuchte, deinen Vater zu sprechen."

„Dann weißt du auch, wie vornübergebeugt er geht. Es hat irgend etwas mit seinem Rückgrat zu tun."

„Ja. Ich fand, er sieht genau wie eine Sieben aus."

„Er heuerte einen bekannten Kinderbuchautor und einen hervorragenden Zeichner an, und die beiden verfaßten eine Art Cartoon mit dem Titel ‚Die Abenteuer des Mr. Kips bei der Suche nach einem Dollar'. Mir schenkte er ein Vorausexemplar. Ich wußte gar nicht, daß es wirklich einen Mr. Kips gab, und fand das Buch sehr lustig und sehr grausam. Im Buch ging Mr. Kips immer ganz vornübergebeugt und sah daher immer die Münzen auf dem Gehsteig, die andere Leute ausgestreut hatten. Das Buch erschien um die Weihnachtszeit, und mein Vater veranlaßte — natürlich gegen Bezahlung —, daß das Buch in den Schaufenstern jeder Buchhandlung unübersehbar ausgestellt wurde. Eine Auslagendekoration mußte in einer bestimmten Höhe stehen, so daß der vornübergebeugte Mr. Kips, wenn er vorbeikam, sie erblicken mußte. Ein Anwalt — besonders ein internationaler Anwalt —, der nichts mit spektakulären Kriminalfällen zu schaffen hat, macht mit seinem Namen nie Schlagzeilen, nicht einmal in der Stadt, in der er lebt, und ich glaube, nur ein einziger Buchhändler protestierte, weil er sich vor einer Ehrenbeleidigungsklage fürchtete. Mein Vater garantierte einfach, er übernehme alle Kosten. Das Buch wurde — wahrscheinlich weil die meisten Kinder grausam sind — ein Riesenerfolg. Es gab viele Neuauflagen, ja sogar eine Zeichenserie erschien in einer Zeitung. Ich glaube, daß mein Vater — und das muß ihm ein diebisches Vergnügen bereitet haben — damit eine Menge Geld verdient hat."

„Und Mr. Kips?"

„Zum erstenmal erfuhr er davon bei dem ersten Abendessen, das mein Vater für die Kriechtiere gab. Jeder bekam ein erlesenes kleines Geschenk — etwas aus Gold oder Platin —, das er neben seinem Teller fand, bis auf Mr. Kips, der ein großes, in Packpapier eingeschlagenes Paket erhielt. Es enthielt ein eigens für ihn in rotes Saffianleder gebundenes Exemplar des Buches. Sicher schäumte er vor Wut, aber wegen der anderen Gäste mußte er Freude heucheln, und auf alle Fälle konnte er nichts gegen meinen Vater unternehmen, weil ihm der monatlich einen sehr hohen Honorarvorschuß für Dienste zahlen ließ, die Mr. Kips niemals zu leisten hatte, und diese Vorschüsse würde er natürlich verloren haben, wenn es zu einer Auseinandersetzung gekommen wäre. Wer weiß? Vielleicht kaufte Mr. Kips selbst so viele Exemplare des Buches auf, daß es ein Erfolg wurde. Mein Vater hat mir das alles erzählt. Er fand die Geschichte riesig komisch. ‚Aber warum hast du dir gerade den armen Mr. Kips ausgesucht?' fragte ich. Natürlich sagte er mir nicht den wahren

Grund. ‚Ach, ich werde noch mit jedem von ihnen meinen Spaß haben, wenn's einmal soweit ist', sagte er zu mir. ‚Dann wirst du alle deine Freunde los sein, wenn's einmal soweit ist', sagte ich. ‚Glaub nur das nicht', antwortete er. ‚Alle meine Freunde sind reich, und die Reichen sind am geldgierigsten. Die Reichen kennen keinen Stolz, außer auf ihren Besitz. Nur bei den Armen muß man sich in acht nehmen'."

„Dann sind wir ja sicher", sagte ich. „Wir sind nicht reich."

„Nein, aber vielleicht sind wir für ihn nicht arm genug."

Sie besaß eine Weisheit des Herzens, über die ich nicht verfügte. Wahrscheinlich war das noch ein Grund mehr, weshalb ich sie liebte.

8

Jetzt, da ich allein in dieser Wohnung lebe, versuche ich mir auszumalen, wie das Glück beschaffen war, das wir teilten vor jener ersten Party mit den Kriechtieren. Aber wie vermittelt man Glück? Unglück können wir so leicht beschreiben — ich war unglücklich, sagen wir, weil ... Wir erinnern uns an dies und das, führen gute Gründe an, aber Glück ist wie eine jener Inseln weit draußen im Ozean, die keiner je auf einer Karte verzeichnet hat und von denen die Seeleute erzählen, daß sie aus dem Dunst auftauchen. Die Insel bleibt wieder verschwunden, oft jahrzehntelang, aber kein Schiffer kann je ganz sicher sein, ob sie nur in der Phantasie eines längst dahingegangenen Mannes im Ausguck existierte. Immer wieder sage ich mir vor, wie glücklich ich in diesen Wochen war, aber wenn ich mir den Kopf nach dem Grund zermartere, finde ich nichts, was geeignet wäre, mir dieses Glücksgefühl zu erklären.

Liegt das Glück in einer sinlichen Umarmung? Gewiß nicht! Das ist erregend, eine Art Taumel, und manchmal grenzt der Zustand dicht an Schmerz. Ist Glück einfach das leise Atmen auf dem Kissen neben mir, oder Küchengeräusche abends, wenn ich von der Arbeit heimkehrte und in unserem einzigen bequemen Lehnsessel sitzend meine Zeitung las, das *Journal de Genève?* Wir hätten uns einen zweiten Fauteuil wohl leisten können, aber irgendwie hatten wir in diesen Wochen nie die Zeit, einen auszusuchen, und als wir schließlich doch einen in Vevey kauften — und einen Geschirrspüler dazu, der das fröhliche Klirren des Geschirrs, gewaschen von Menschenhand, durch das Geräusch eines Maschinenraums ersetzte —, da war die Insel des Glücks schon hinter Dunstschleiern versunken.

Die immer näher rückende Party bei Dr. Fischer lag damals bereits wie eine Drohung zwischen uns und erfüllte unser Schweigen. Dunklere Schatten als die eines vorüberfliegenden Engels zogen über uns hinweg. Einmal, am Ende einer dieser langen Gesprächspausen, sprach ich aus, was ich dachte: „Ich glaube, ich werde ihm doch noch schreiben, daß ich nicht kommen kann. Ich sage einfach . . ."

„Was?"

„Daß wir Ferien machen, ich sage, daß es der einzige Tag ist, den ich von der Firma freibekommen kann."

„Im November macht niemand Ferien."

„Dann schreibe ich ihm, daß es dir gesundheitlich nicht gut geht und ich dich nicht allein lassen kann."

„Er weiß, daß ich stark wie ein Pferd bin."

Und das stimmte auch in gewisser Beziehung, aber das Pferd mußte wohl ein Vollblut gewesen sein, das viel Fürsorge braucht. Sie war schlank und von zartem Knochenbau. Ich streichelte gern über ihre Backenknochen und die Wölbung ihres Hinterkopfs. Ihre Kraft zeigte sich hauptsächlich in den schmalen Gelenken, die sehnig waren wie eine Peitschenschnur: mit Leichtigkeit öffnete sie Schraubverschlüsse, an denen ich scheiterte.

„Tu es lieber nicht", sagte sie. „Du hattest recht, ihm zuzusagen, und ich hatte unrecht. Wenn du jetzt kneifst, wirst du dir immer Feigheit vorwerfen und nie Frieden finden. Es ist schließlich nur eine einzige Party. Er kann uns nichts anhaben. Du bist nicht wie Mr. Kips, und du bist auch nicht reich und wir sind von ihm nicht abhängig. Du brauchst ja kein zweitesmal hinzugehen."

„Das werde ich gewiß nicht", sagte ich und glaubte selbst daran. Trotzdem, der Tag der Einladung kam schnell näher und näher. Eine undurchdringliche Wolke lag über dem Meer, die Insel war unseren Blicken entzogen, und nie würde ich wissen, auf welcher Länge und Breite sie lag, um sie in eine Karte einzutragen. Ja, eine Zeit sollte kommen, da zweifelte ich, ob ich die Insel je wirklich erblickt hatte.

Noch etwas anderes kauften wir bei unserem Einkaufsbummel, und zwar ein Paar Schi. Anna-Luises Mutter hatte ihr Schifahren beigebracht, als sie vier Jahre alt war, und deshalb war Schifahren für sie eine so natürliche Fortbewegungsart wie Gehen. Die Wintersaison stand vor der Tür. Als sie zu mir nach Vevey zog, ließ sie ihre Schi zu Hause stehen, und um keinen Preis wäre sie bereit gewesen, zurückzufahren und sie zu holen ... Und Schischuhe, die mußten wir auch auftreiben. Es wurde spät über den vielen Einkäufen, und es war wohl immer noch ein verhältnismäßig glücklicher Tag; solange wir beschäftigt waren, hatten wir kein Auge für Wolken. Mir machte es Spaß zu beobachten, mit wieviel Sachverständnis sie ihre Schi auswählte, und nie sahen ihre Füße hübscher aus als bei der Anprobe der klobigen Stiefel, die sie benötigte.

Nach meiner Erfahrung sind Zufälle selten glücklich. Welche Heuchelei steckt doch dahinter, wenn man sagt „Was für ein glücklicher Zufall!“, sobald man in einem Hotel einen Bekannten trifft, obwohl man allzu gerne allein sein und nicht gesehen werden möchte. Auf dem Heimweg kamen wir an einer *librairie* vorbei, und ich werfe immer einen Blick in das Schaufenster einer Buchhandlung — das ist fast ein automatischer Reflex. In diesem Fenster gab es eine Menge Kinderbücher, denn im November bereiten sich die Läden schon auf das Weihnachtsgeschäft vor. Ich warf automatisch einen Blick in das Fenster, und da, genau in der Mitte, stand Mr. Kips vornübergebeugt bis zum Pflaster und auf der Suche nach einem Dollar.

„Schau doch.“

„Ja“, sagte Anna-Luise, „alljährlich rechtzeitig vor Weihnachten erscheint eine Neuauflage. Vielleicht bestellt sie mein Vater vom Verleger oder es wachsen immer wieder Kinder heran, die das Buch lesen wollen.“

„Mr. Kips muß sich wünschen, daß jede Frau auf der ganzen Welt die Pille nimmt.“

„Nach den Schiferien“, sagte Anna-Luise, „werde ich die Pille auch absetzen. Dann gibt es vielleicht noch einen Leser mehr für Mr. Kips.“

„Warum so lange warten?“

„Ich bin eine gute Schifahrerin“, sagte sie, „aber Unfälle gibt's immer. Wenn ich im Gips liegen muß, möchte ich nicht schwanger sein.“

Der Gedanke an Dr. Fischers Party ließ sich nicht mehr verdrängen. „Morgen“ war beinahe schon angebrochen und ging uns nicht mehr aus dem Sinn. Es war, als stupste ein Haifisch mit seiner Nase unser kleines Boot, von dem aus wir einmal die Insel erblickt hatten. In dieser Nacht lagen wir stundenlang wach in unseren Betten, ihre Schulter berührte meine Schulter, aber durch unseren Kummer war die Entfernung zwischen uns fast unendlich geworden.

„Wie grotesk wir uns aufführen“, haderte Anna-Luise, „was um Himmels willen kann er uns denn schon tun? Du bist nicht Mr. Kips. Selbst wenn er in jedem Laden der Stadt eine Karikatur von dir anbringen läßt, was schert uns das? Wer würde denn erkennen, daß du es sein sollst? Und deine Firma entläßt dich nicht, auch wenn er ihnen fünfzigtausend Franken zahlt. Das verdienen die doch in einer halben Stunde. Wir sind überhaupt nicht von ihm abhängig. Wir sind freie Menschen, hörst du? — freie Menschen. Sprich mir nach, laut. Freie Menschen.“

„Vielleicht haßt er die Freiheit genauso sehr wie er die Menschen verachtet.“

„Es gibt nichts, womit er dich in ein Kriechtier verwandeln kann."

„Dann wüßte ich gern, weshalb er mich hinbestellt hat."

„Nur um den anderen zu beweisen, daß du kommst, wenn er dich ruft. Vielleicht wird er versuchen, dich vor ihnen zu demütigen — das sähe ihm ähnlich. Ertrag es, eine Stunde lang oder zwei, und wenn er es zu weit treibt, schütt' ihm den Wein ins Gesicht und geh! Denk immer daran: wir sind freie Menschen. Ganz frei, Liebling. Er kann dich nicht verletzen und mich auch nicht. Wir stehen nicht so hoch, daß er uns erniedrigen könnte. So wie man als Gast einen Kellner nicht demütigen kann — nur sich selbst."

„Ja, ich weiß schon. Natürlich hast du recht. Es ist wirklich grotesk, aber trotzdem wüßte ich gern, was er vorhat."

Endlich schliefen wir ein, und der folgende Tag schlich so langsam dem Abend entgegen wie ein Krüppel, wie Mr. Kips. Die Geheimniskrämerei, die Dr. Fischers Abendessen umgab, die Flut unwahrscheinlichster Gerüchte verlieh ihnen etwas Unheilvolles, aber daß sich immer dieselbe Gruppe von Kriechtieren dazu einfand, konnte nur bedeuten, daß man sich dort irgendwie doch unterhielt. Warum ging Mr. Kips je wieder hin, nachdem man ihn so beleidigt hatte? Nun, das ließ sich vielleicht noch damit erklären, daß er nicht bereit war, seine Honorarvorschüsse zu verlieren, aber der Divisionär — der würde sich doch gewiß nicht mit wirklich schändlichen Situationen abfinden? Es ist gar nicht leicht in der neutralen Schweiz, den Divisionärsrang zu erreichen, und ein Divisionär, ein Divisionär im Ruhestand, genießt ebensolches Ansehen wie ein seltener Vogel unter Naturschutz.

Ich erinnere mich an jede Einzelheit dieses bedrückenden Tages. Der Toast beim Frühstück war angebrannt — durch meine Schuld; ins Büro kam ich fünf Minuten zu spät; auf dem Schreibtisch fand ich zwei Briefe in Portugiesisch, die ich übersetzen sollte, obwohl ich nicht Portugiesisch kann; dank unserem spanischen Süßwarenerzeuger durfte ich die Mittagspause durcharbeiten, weil er mir, durch unser gemeinsames Mittagessen ermutigt, eine Liste mit zwanzig Seiten Vorschlägen eingeschickt hatte und unsere Stellungnahme vor seiner Rückkehr nach Madrid wissen wollte (unter anderem verlangte er, wir sollten eine unserer Schokoladensorten so ändern, daß sie dem Geschmack der Basken entspräche — anscheinend hatte ich nicht wirklich begriffen, daß wir irgendwie die Intensität baskischer Nationalgefühle durch unsere Milchschokopralinen mit Whiskyaroma unterschätzt hatten). Es war sehr spät, bis ich endlich nach Hause kam, und beim Rasieren schnitt ich mich, und beinahe hätte ich die falsche Jacke zu meiner einzigen dunklen Hose angezogen. Auf dem Weg nach Genf mußte ich bei einer Benzinpumpe bar bezahlen, weil ich vergessen hatte, meine Kreditkarte von einem Anzug in den anderen zu stecken. Alle diese Dinge erschienen mir wie böse Vorzeichen eines unerfreulichen Abends.

9

Der übellaunige Diener, den nie wiederzusehen ich gehofft hatte, öffnete mir die Tür. Fünf kostspielige Autos rekelten sich auf dem Zufahrtsweg zur Villa, zwei davon mit Chauffeur, und ich spürte, wie er meinen kleinen Fiat 500 mit Geringschätzung musterte. Dann betrachtete er meinen Anzug, und seine Augenbrauen schossen hinauf. „Wie ist ihr Name?“ fragte er, obwohl ich überzeugt war, daß er sich ganz gut erinnern konnte. Er sprach Englisch mit einem leichten Vorstadtakzent. Meine Nationalität konnte er also nicht vergessen haben.

„Jones“, sagte ich.

„Dr. Fischer ist beschäftigt.“

„Er erwartet mich“, sagte ich.

„Dr. Fischer speist heute mit Freunden.“

„Zufällig speise ich auch mit ihm.“

„Haben Sie eine Einladung?“

„Natürlich habe ich eine.“

„Bitte zeigen Sie die Karte vor.“

„Geht leider nicht. Ich habe sie zu Hause gelassen.“

Er knurrte etwas, aber seine Selbstsicherheit war erschüttert, das sah ich. Ich sagte: „Dr. Fischer würde kaum schätzen, daß ein Platz bei Tisch unbesetzt bliebe. Vielleicht fragen Sie ihn doch lieber.“

„Wie, sagten Sie, war Ihr Name?"

„Jones."

„Folgen Sie mir."

Ich marschierte hinter seiner weißen Jacke her, durch die Halle und die Stiegen hinauf. Auf dem Treppenabsatz drehte er sich zu mir um und sagte: „Wenn Sie mich angelogen haben ... wenn Sie nicht eingeladen waren ..." Mit den Fäusten machte er eine Bewegung wie ein Boxer beim Sparring.

„Wie heißen Sie?" fragte ich.

„Was kümmert Sie das?"

„Ich möchte nur dem Doktor mitteilen, wie Sie seine Freunde begrüßen."

„Freunde", sagte er. „Er hat keine Freunde. Ich sag es Ihnen noch einmal, wenn Sie nicht eingeladen sind ..."

„Ich bin eingeladen."

Wir gingen nicht in die Richtung zum Arbeitszimmer, wo ich Dr. Fischer zuletzt gesehen hatte, sondern in die entgegengesetzte, und er stieß eine Tür auf. „Mr. Jones", grunzte der Mensch, und ich trat ein. Da standen sie alle, die Kriechtiere, und starrten mich an. Die Herren trugen Smoking und Mrs. Montgomery ein Abendkleid.

„Kommen Sie rein, Jones", sagte Dr. Fischer. „Sie können servieren, Albert, sobald alles fertig ist."

Der Tisch war kostbar gedeckt: Im Schliff der Kristallgläser blitzte das Licht des Lüsters, selbst die Suppenteller sahen teuer aus. Ich war ein bißchen überrascht, sie vorzufinden — schließlich war es nicht die Jahreszeit für kalte Suppen. „Das ist Jones, mein Schwiegersohn“, sagte Dr. Fischer. „Seien Sie nachsichtig wegen seines Handschuhs. Die Hand darunter ist verkrüppelt. Mrs. Montgomery, Mr. Kips, Monsieur Belmont, Mr. Richard Deane, Divisionär Krueger.“ (Ihm wäre nicht eingefallen, Krueger einen falschen Titel zu geben.) Ich spürte, daß mir Schwaden von Feindseligkeit entgegenströmten wie Tränengas. Warum wohl? Vielleicht meines dunklen Anzugs wegen. Ich war ein Eindringling in ihrem exklusiven Zirkel, ein Straßenköter unter Rassehunden.

„Ich bin Monsieur Jones schon begegnet“, meldete sich Belmont wie ein Zeuge der Anklage, der den Beschuldigten identifiziert.

„Ich auch“, sagte Mrs. Montgomery, „ganz kurz.“

„Jones ist ein bedeutender Sprachgelehrter“, erklärte Dr. Fischer. „Er übersetzt Briefe über Pralinen“, und dabei dämmert mir, daß er bei meinen Arbeitgebern Erkundigungen über mich eingezogen haben mußte. „Hier, Jones, bei unseren kleinen Partys, ist Englisch die Umgangssprache, weil Richard Deane, obwohl er als großer Star gilt, keine andere Sprache spricht, obwohl er sich manchmal an eine Art Französisch wagt, sobald er bezecht ist — frühestens nach dem dritten Glas. Das Französisch, das Sie von ihm am Fernsehschirm hören können, ist synchronisiert.“

Alle lachten wie auf ein Stichwort, ausgenommen Deane, der freudlos lächelte. „Wenn er einen oder zwei Drinks intus hat, vermag er sogar den Falstaff zu spielen, nur fehlen ihm dazu der Humor und das Gewicht. Letzteren Mangel werden wir uns heute abend bemühen zu mildern. Was den Humor anlangt, sind wir leider überfordert. Sie werden fragen, was dann noch bleibt. Nur sein rasch dahinschwindendes Renommee bei Frauen und Teenagern. Kips, sie sehen aus, als amüsierten Sie sich nicht. Paßt Ihnen ewas nicht? Vielleicht fehlt Ihnen unser sonst üblicher *apéritif*, aber heute abend wollte ich Ihre Geschmacksnerven wegen der kommenden Gaumenfreuden nicht abstumpfen."

„Nein, nein. Mir ist alles recht, Dr. Fischer, bestimmt. Alles."

„Ich bestehe nämlich darauf," erklärte Dr. Fischer, „daß sich jeder bei meinen kleinen Partys unterhält."

„Saus und Braus sind sie", versicherte Mrs. Montgomery, „Saus und Braus."

„Dr. Fischer ist stets ein besonders aufmerksamer Gastgeber", klärte mich Divisionär Krueger ein wenig herablassend auf.

„Und so großzügig", sagte Mrs. Montgomery. „Diese Halskette, sie war ein Preis bei unserer letzten Party." Sie trug ein Halsband aus Goldmünzen — von weitem hielt ich sie für Krugerrands.

„Jeder gewinnt immer einen kleinen Preis", brabbelte der Divisionär. Er war wirklich ein müder alter Mann und wahrscheinlich erfüllt von einem gewaltigen Schlafbedürfnis. Mir gefiel er noch am besten von allen, denn er schien mich noch am ehesten in diesem Kreis gelten zu lassen.

„Dort drüben sind ja die Preise“, rief Mrs. Montgomery. „Ich hab geholfen, sie auszusuchen.“ Sie ging zu einer Anrichte, wo ich jetzt einen Berg Pakete erblickte, die in Geschenkpapier gewickelt waren. In eines bohrte sie die Fingerspitze, wie ein Kind, das eine Weihnachtsüberraschung durch das Papier hindurch zu erkennen versucht.

„Preise wofür?“ fragte ich.

„Nicht für Intelligenz“, antwortete Dr. Fischer, „sonst könnte der Divisionär nie gewinnen“.

Jeder einzelne starrte auf die Pakete.

„Wir haben nur eine Aufgabe zu lösen: wir müssen uns mit seinen kleinen Launen abfinden“, erklärte Mrs. Montgomery, „und dann verteilt er die Preise. Wir hatten einmal einen Abend, da ließ er — ob Sie es glauben oder nicht — lebende Hummern auftragen und dazu jedem einen Topf mit kochendem Wasser hinstellen. Jeder mußte einen fangen und selber kochen. Ein Hummer zwickte den General in den Finger.“

„Die Narbe sieht man immer noch“, maulte Divisionär Krueger.

„Die einzige Narbe, die er je im Gefecht davongetragen hat“, sagte Dr. Fischer.

„Saus und Braus war es“, erklärte mir Mrs. Montgomery, als hätte ich nichts verstanden.

„Jedenfalls verdanken wir diesem Abend ihre blauen Haare“, sagte Dr. Fischer. „Vorher waren sie ein unappetitliches Grau mit Nikotinflecken.“

„Nicht grau — naturblond — und doch nicht mit Nikotinflecken.“

„Denken Sie an die Spielregeln, Mrs. Montgomery“, mahnte Dr. Fischer. „Wenn Sie mir noch einmal widersprechen, bekommen Sie keinen Preis.“

„Mr. Kips ist das einmal bei einer unserer Partys passiert“, sagte Monsieur Belmont. „Damit ist er um ein achtzehnkarätiges goldenes Feuerzeug gekommen. So eines“, er zog ein Lederetui aus der Tasche.

„Da habe ich nicht viel verloren“, sagte Mr. Kips. „Ich bin Nichtraucher.“

„Seien Sie vorsichtig, Kips. Verunglimpfen Sie meine Gaben nicht, oder Sie werden heute wieder einmal leer ausgehen.“

Ich dachte: Aber das ist doch ein Tollhaus hier, mit einem wahnsinnigen Doktor als Leiter. Nur Neugier hielt mich dort, gewiß nicht der Wunsch, irgendeinen „Preis“ zu bekommen.

„Und nun“, sagte Dr. Fischer, „ehe wir uns zum Abendessen setzen — ein Essen, von dem ich sehr hoffe, daß es Ihnen Vergnügen bereitet und Sie ihm Gerechtigkeit widerfahren lassen, denn ich habe über die Speisenfolge viel nachgegrübelt — sollte ich unserem neuen Gast vielleicht das Zeremoniell erklären, das wir bei diesen Dinners einhalten.“

„Absolut“, sagte Belmont. „Ich glaube ja — wenn Sie gestatten — Sie hätten vielleicht doch — sollen wir sagen, hm — über sein Erscheinen hier bei uns — hm, abstimmen lassen sollen? Immerhin sind wir doch so eine Art Klub.“

Mr. Kips sagte: „Ich bin der gleichen Meinung wie Belmont. Wir alle wissen, wo wir stehen. Wir akzeptieren gewisse Bedingungen. Im Sinn von Spiel und Spaß. Ein Fremder könnte manches mißverstehen."

„Mr. Kips auf der Suche nach einem Dollar", sagte Dr. Fischer. „Sie fürchten, daß sich durch einen neu hinzukommenden Gast der Wert der Preise verringern könnte, so wie Sie auch hofften, ihr Wert könnte durch den Tod von zweien aus unserem Kreis steigen."

Es herrschte Schweigen. Nach dem Ausdruck in seinen Augen zu schließen, erwartete ich eine ärgerliche Antwort von Mr. Kips, aber er gab sie nicht. Er sagte nur: „Sie mißverstehen mich."

Nun könnte jemand, der an der Party nicht teilnahm, denken, all dies wäre nicht mehr als ein fröhliches Geplänkel unter Klubmitgliedern gewesen, die einander zuerst herzhaft beflegeln und sich dann zu einem guten Abendessen und einer gewaltigen Trinkerei mit kameradschaftlichen Gesprächen an einen gemeinsamen Tisch setzen. Ich aber, der ich ihre Gesichter beobachtete und sah, wie knapp die Sticheleien bis an die Grenze des Erträglichen gingen, bemerkte, wie schal und heuchlerisch diese humorvoll scheinenden Wechselreden waren und daß Haß sich wie eine Regenwolke im Zimmer ausbreitete — Haß vom Hausherrn gegen seine Gäste und Haß gegen den Gastgeber von seinen Besuchern. Ich fühlte mich ganz und gar als Eindringling, denn wenn mir auch jeder einzelne von ihnen mißfiel, waren meine Gefühle doch noch nicht stark genug, um sie als Haß zu bezeichnen.

„Dann bitte ich Sie also zu Tisch", verkündete Dr.

Fischer, „und ich will dem neuen Gast in unserer Mitte den Sinn meiner kleinen Abendgesellschaften erklären, während Albert das Essen aufträgt."

Mein Platz war neben Mrs. Montgomery, die rechts vom Gastgeber saß. Rechts von mir hatte ich Belmont als Nachbar und den Schauspieler Richard Deane als Gegenüber. Neben jedem Teller stand eine Flasche mit ausgezeichnetem Yvorne, außer bei unserem Gastgeber, der, wie ich merkte, polnischen Wodka bevorzugte.

„Zunächst", hob Dr. Fischer an, „bitte ich Sie, mit mir Ihr Glas zu erheben, um auf das Andenken unserer beiden — Freunde, soll ich sie aus diesem Anlaß so nennen? — anläßlich ihres Todestages vor zwei Jahren zu trinken. Ein seltsames Zusammentreffen. Ich habe den heutigen Tag aus diesem Grund gewählt. Madame Faverjon starb von eigener Hand. Ich glaube, Sie vermochte sich selbst nicht mehr länger zu ertragen — sogar mir fiel es schwer genug, sie zu ertragen, obwohl ich anfangs fand, daß sie ein interessantes Studienobjekt war. Von allen Menschen um diesen Tisch war sie die habgierigste — und das will schon etwas heißen. Sie war auch die wohlhabendste unter Ihnen. Wenn ich jeden beobachtete, gab es Augenblicke, da zeigten Sie alle Anzeichen von Auflehnung, weil ich Kritik an Ihnen übte, so daß ich mich gezwungen sah, Sie an die Preise nach unserem Abendessen zu erinnern, die Sie Gefahr liefen zu verwirken. Bei Madame Faverjon war dies niemals der Fall. Sie nahm alles und jedes hin, um ihre Eignung als Empfänger eines Geschenks nachzuweisen, obwohl sie es sich ohne weiteres hätte leisten können, etwas von gleichem Wert selbst zu kaufen. Sie war eine abscheuliche Person, eine unbeschreibliche Person, und doch muß ich zugeben, daß sie zuletzt einen gewissen Mut zeigte. Ich bezweifle, daß irgendjemand von Ihnen ein solches Ausmaß an Mut aufbrächte, nicht einmal unser tapferer Divisionär. Ja ich zweifle sogar, daß irgend jemand von Ihnen auch nur erwogen hat, die Welt von der eigenen unnötigen Gegenwart zu befreien. Deshalb also bitte ich Sie, mit mir das Glas auf den Geist von Madame Faverjon zu erheben."

Ich gehorchte wie alle anderen auch.

Albert kam mit einem Silbertablett herein, auf dem eine große Schale Kaviar stand sowie kleine silberne Schüsselchen mit Ei, Zwiebel und Zitronenscheiben.

„Ich darf um Nachsicht bitten, daß Albert mir zuerst serviert", sagte Dr. Fischer.

„Ich liebe Kaviar", sagte Mrs. Mongomery. „Ich brauchte überhaupt nichts anderes zu essen."

„Sie könnten es sich leisten, überhaupt nichts anderes zu essen, wenn Sie nur bereit wären, dafür Ihr eigenes Geld auszugeben."

„Ich bin nicht so reich."

„Schade um die Mühe, mich anzulügen. Wären Sie nicht so reich, wie Sie sind, dann säßen Sie nicht an meinem Tisch. Ich lade nur die ganz Reichen ein."

„Und was ist mit Mr. Jones?"

„Er ist hier mehr als Beobachter und nicht als

Gast, aber als mein Schwiegersohn wird er sich vielleicht vorstellen, daß er einmal viel zu erwarten hat. Auch Erwartungen sind eine Art Reichtum. Ich bin überzeugt, Mr. Kips könnte für ihn beträchtliche Kredite erwirken, und Hoffnungen unterliegen nicht der Steuer — er brauchte daher Monsieur Belmonts Rat nicht. Albert, die Lätzchen."

Jetzt erst entdeckte ich, daß bei keinem von uns Servietten gedeckt waren. Albert befestigte ein Lätzchen um Mrs. Mongomerys Hals. Sie kreischte vor Vergnügen. *„Ecrevisses!* Ich liebe *écrevisses!"*

„Wir haben noch nicht auf das Andenken des verstorbenen und betrauerten Monsieur Groseli getrunken", sagte der Divisionär und schob sein Lätzchen zurecht. „Ich kann nicht behaupten, daß ich den Menschen je leiden mochte."

„Dann schnell, während Albert Ihr Dinner holt. Auf Monsieur Groseli. Er nahm nur an zweien unserer Abendessen teil, ehe er an Krebs starb, und deshalb hatte ich nicht genug Zeit, seinen Charakter zu studieren. Hätte ich von seinem Krebs gewußt, dann hätte ich ihn nie eingeladen, sich uns anzuschließen. Ich erwarte von meinen Gästen, daß sie mich viel länger unterhalten. Ah, da kommt schon Ihr Essen, also kann ich mit meinem beginnen."

Mrs. Montgomery stieß einen schrillen Schrei aus. „Aber, das ist ja Porridge, kaltes Porridge."

„Echtes schottisches Porridge. Gerade Sie sollten es zu schätzen wissen, mit Ihrem schottischen Namen." Dr. Fischer bediente sich von seinem Kaviar und goß sich ein Glas Wodka ein.

„Das wird uns den Appetit ganz verderben", sagte Deane.

„Keine Sorge. Es gibt nichts anderes."

„Das geht wirklich zu weit, Dr. Fischer", sagte Mrs. Montgomery. „Kaltes Porridge. Das ist ja völlig ungenießbar."

„Dann essen Sie es nicht. Essen Sie es nicht, Mrs. Montgomery. Nach den Spielregeln verlieren Sie dadurch nur Ihr kleines Geschenk. Ganz ehrlich gesagt, ich habe extra Porridge bestellt, Jones zuliebe. Ich hatte zuerst an Rebhühner gedacht, aber wie hätte er sie mit nur einer Hand essen sollen?"

Zu meinem Erstaunen sah ich, daß der Divisionär und Richard Deane zu essen begonnen hatten, während Mr. Kips wenigstens den Löffel aufnahm.

„Wenn wir um ein bißchen Zucker bitten dürften", sagte Belmont. „Das würde vielleicht den Geschmack verbessern."

„Wie ich höre, halten es die Waliser — nein, nein, ich weiß schon, Jones — ich meine die Schotten — für Blasphemie, ihr Porridge durch Zucker zu verderben. Sie essen es sogar, sagt man mir mit Salz. Salz soll Ihnen nicht vorenthalten werden. Bringen Sie den Herrschaften Salz, Albert. Mrs. Montgomery hat beschlossen, heute abend hungrig zu bleiben."

„Ach nein, Dr. Fischer, ich werde Ihnen doch nicht den Spaß verderben. Geben Sie mir das Salz. Schlechter kann das Porridge damit auch nicht schmecken als ohne."

Ein oder zwei Minuten später löffelten alle zu

meiner Überraschung schweigend und grimmig entschlossen ihr Porridge. Vielleicht verschlug es ihnen die Sprache. „Sie scheinen es nicht versuchen zu wollen, Jones?“ fragte mich Dr. Fischer und nahm noch ein wenig Kaviar.

„So hungrig bin ich nicht.“

„Auch nicht so reich“, sagte Dr. Fischer. „Mehrere Jahre lang studiere ich jetzt schon die Habgier der Reichen. ‚Gib, auf daß dir gegeben werde‘, diesen zynischen Ausspruch von Christus nehmen sie sehr, sehr wörtlich. ‚Geben‘ heißt es, beachten Sie das wohl, nicht ‚verdienen‘. Die Geschenke, die ich verteile, sobald das Essen vorüber ist, könnten sie sich alle selbst machen, aber dann hätten sie sie verdient, wenn auch nur dadurch, daß sie einen Scheck unterschrieben haben. Die Reichen hassen es, Schecks zu unterschreiben. Darauf beruht der Erfolg von Kreditkarten. Eine Karte ersetzt hundert Schecks. Diese Leute würden alles tun, nur um ihre Präsente zu bekommen. Das war heute einer der härtesten Tests bisher, und schauen Sie nur, wie schnell sie ihr kaltes Porridge aufessen, damit sie endlich ihre Geschenke erhalten. Sie, fürchte ich, werden gar nichts bekommen, wenn Sie nicht essen.“

„Auf mich wartet zu Hause etwas von größerem Wert als Ihr Geschenk.“

„Sehr chevaleresk gesagt“, meinte Dr. Fischer, „aber seien Sie nicht gar zu selbstsicher. Frauen warten nicht immer. Ich bezweifle, daß eine Handprothese romantische Gefühle stärkt. Albert, Mr. Deane kann schon nachserviert werden.“

„Also nein“, sagte Mrs. Montgomery, „nicht noch ein zweitesmal.“

„Das geschieht Mr. Deane zuliebe. Ich will ihn auffüttern, damit er einen besseren Falstaff abgibt.“

Deane schoß ihm einen wütenden Blick zu, aber er ließ sich noch einmal auflegen.

„Ich habe natürlich nur Spaß gemacht. Deane könnte ebensowenig den Falstaff geben, wie Britt Ekland die Cleopatra. Deane ist kein Schauspieler, er ist Gegenstand sexueller Begierden. Mädchen unter zwanzig beten ihn an, Jones. Wie enttäuscht die wären, wenn sie ihn einmal ohne Kleider sehen würden. Ich habe Grund zu der Annahme, daß er unter vorzeitigem Samenerguß leidet. Vielleicht bremst Sie das Porridge ein, Deane, mein armer Junge. Albert, einen frischen Teller für Mr. Kips, und ich sehe gerade, Mrs. Montgomery hat fast aufgegessen. Schnell, Divisionär, beeilen Sie sich, Belmont. Die Geschenke gibt es erst, wenn alle ihre Teller geleert haben.“ Mich erinnerte die Szene an einen Jäger, der seine Hundemeute mit dem Knall der Peitsche dirigiert.

„Beobachten Sie sie, Jones. Sie sind so bedacht, fertig zu werden, daß sie das Trinken vergessen.“

„Ich glaube nicht, daß Yvorne zu Porridge schmeckt.“

„Lachen Sie ruhig über sie, Jones. Die werden es nicht übelnehmen.“

„Ich finde sie nicht komisch.“

„Ich gebe natürlich zu, daß eine Party wie die heutige ihre ernsten Seiten hat, aber trotzdem ...

Müssen Sie nicht auch ein bißchen an Schweine denken, die aus einem Trog fressen? Beinahe hat man den Eindruck, sie genießen es. Mr. Kips hat ein wenig Porridge auf sein Hemd gekleckert. Säubern Sie ihn, Albert."

„Sie widern mich an, Dr. Fischer."

Er wandte sich mir zu und sah mich an: seine Augen waren wie glänzende Splitter aus blaßblauem Stein. Ein paar graue Kaviarkörner hatten sich in seinen roten Schnurrbart verirrt.

„Ja, ich verstehe, was Sie empfinden. Manchmal geht es mir genauso, aber ich werde nicht ablassen von meiner Untersuchung, bis zum bitteren Ende. Ich werde nicht aufgeben. Bravo, Divisionär. Sie holen auf. Sie schwingen einen tollen Löffel, Deane, mein Junge, ich wünschte, Ihre Bewunderinnen könnten Sie jetzt sehen, wie Sie schlingen."

„Warum tun Sie das?" fragte ich.

„Warum sollte ich Ihnen das auf die Nase binden? Sie sind keiner der Unsrigen. Sie werden es auch nie sein. Zählen Sie mit Ihren Erwartungen nur nicht auf mich."

„Das sowieso nicht."

„Sie haben den Stolz der Armen, aha. Schließlich, warum sollte ich es Ihnen nicht sagen. Sie *sind* ja eine Art Sohn. Ich möchte feststellen, Jones, ob die Habgier unserer reichen Freunde irgendwelche Grenzen hat. Ob es so was gibt: bis hierher und nicht weiter. Ob der Tag kommt, an dem sie sich weigern, ihre Geschenke anzunehmen. Stolz ist sicher keine Hürde für ihre Habgier. Weil er sich Vorteile erhofft, würde Mr. Kips sich ebensogern, wie Herr Krupp das getan hat, an einen Tisch mit Herrn Hitler setzen, was immer ihm auch vorgesetzt wird. Dem Divisionär ist Porridge über das Lätzchen geflossen. Geben Sie ihm ein sauberes, Albert. Ich glaube, heute abend kann ich ein Experiment abschließen. Ich habe neue Pläne."

„Sie sind selbst ein reicher Mann. Hat *Ihre* Habgier Grenzen?"

„Vielleicht werde ich es eines Tages wissen. Aber meine Gier ist von anderer Art. Ich bin nicht gierig auf Schmuck."

„Schmuck ist ohnehin etwas Harmloses."

„Ich stelle mir vor, daß meine Gier etwa von der Art ist, wie Gott sie empfindet."

„Ist Gott gierig?"

„Ach, glauben Sie doch ja nicht, daß ich von seiner Existenz mehr überzeugt bin als von der des Teufels, aber ich fand immer schon, Theologie ist ein amüsantes intellektuelles Spiel. Albert, Mrs. Montgomery hat ihr Porridge aufgegessen. Sie können ihren Teller abservieren. Was wollte ich sagen?"

„Daß Gott gierig ist."

„Nun, die Gläubigen und die Empfindsamen sagen, daß er nach unserer Liebe giert. Betrachtet man die Welt, die er angeblich geschaffen hat, dann, meine ich, kann er wohl nur danach gieren, uns zu erniedrigen, und *diese* Gier, wie kann er die je stillen? Sie ist bodenlos. Die Welt wird immer elender und elender, während er die Schraube ohne Ende noch ein Stückchen weiterdreht, obwohl er uns Gaben anbietet — denn ein allumfassender Selbstmord würde seine Absichten verhindern —, um die Demütigungen zu lindern, die wir erleiden. Ein Darmkrebs, eine rinnende Nase, Geilheit. Sie, zum Beispiel, Sie sind ein armer Mann, also gibt er Ihnen ein kleines Geschenk, meine Tochter, um Sie ein bißchen länger zufriedenzustellen."

„Sie ist eine sehr große Linderung", sagte ich. „Wenn es Gott war, der sie mir geschenkt hat, dann bin ich dankbar dafür."

„Und doch wird vielleicht Mrs. Montgomerys Halskette länger währen als Ihre sogenannte Liebe."

„Weshalb sollte er wünschen, uns zu erniedrigen?"

„Wünsche ich das nicht auch? Und man sagt doch, er habe uns nach seinem Bilde geschaffen. Vielleicht hat er entdeckt, daß er ein ziemlich elender Handwerker ist, und er ist von dem Ergebnis enttäuscht. Ein fehlerhaftes Produkt wirft man in den Abfalleimer. Sehen Sie sich sie doch an, und lachen Sie darüber, Jones. Haben Sie keinen Humor? Jeder von ihnen hat seinen Teller geleert, nur Mr. Kips nicht. Und wie ungeduldig sie jetzt alle werden. Da, Belmont hilft ihm sogar und ißt für ihn von seinem Teller. Ich bin nicht ganz sicher, daß die Spielregeln das gestatten, aber ich will es hingehen lassen. Haben Sie noch einen Augenblick Geduld mit mir, meine Freunde, bis ich mit meinem Kaviar fertig bin. Sie können ihnen die Lätzchen abnehmen, Albert."

10

„Es war widerwärtig“, sagte ich zu Anna-Luise. „Dein Vater muß wahnsinnig sein.“

„Es wäre viel weniger widerwärtig, wenn du recht hättest“, sagte sie.

„Du hättest sehen müssen, wie sie sich um seine Geschenke gebalgt haben — alle, außer Mr. Kips — der mußte zuerst auf die Toilette, um sich zu übergeben. Kaltes Porridge verträgt sein Magen nicht. Verglichen mit den Kriechtieren, muß ich zugeben, bewahrte dein Vater eine gewisse Würde — eine teuflische Würde. Auf mich waren alle ziemlich wütend, weil ich mich nicht an ihre Spielregeln gehalten hatte. Ich war ein Zuschauer, der mißbilligt. Wahrscheinlich hatten sie das Gefühl, ich halte ihnen einen Spiegel vor, so daß sie nicht übersehen konnten, wie miserabel sie sich benahmen. Mrs. Montgomery sagte, man hätte mich vom Tisch weisen sollen, gleich nachdem ich mich geweigert hatte, von dem Porridge zu essen. ‚Das hätte jedem von Ihnen auch freigestanden‘, sagte darauf dein Vater. ‚Und was hätten Sie dann mit allen Geschenken angefangen?“ fragte sie. ‚Vielleicht hätte ich beim nächstenmal die Einsäze verdoppelt‘, sagte er.“

„Einsätze? Was hat er gemeint?“

„Ich vermute, er dachte an seine Wette: ihre

Habgier gegen ihre Demütigung."

„Und was waren die Preise?"

„Mrs. Montgomery bekam einen in Platin gefaßten Smaragd mit einer Art Brillantkrone darüber, soviel ich sehen konnte."

„Und die Herren?"

„Achtzehnkarätige goldene Uhren — Quarzuhren mit Digitalziffern und allem Drum und Dran. Bis auf den armen Richard Deane. Der bekam sein eigenes Porträtphoto in einem Rahmen aus Schweinsleder, den ich in dem Laden gesehen hatte. ‚Sie brauchen es nur zu signieren', sagte Dr. Fischer zu ihm, ‚und dann kriegen Sie dafür jedes Mädchen unter zwanzig, auf das Sie Lust haben.' Deane verließ sofort wütend das Haus, und ich ging hinter ihm her. Er sagte, er werde dieses Haus nie mehr betreten. ‚Ich brauche dazu kein Photo. Ich kriege auch so jedes Mädchen, das ich will' sagte er und sprang in sein Mercedes-Sportkabrio."

„Er wird wiederkommen", sagte Anna-Luise. „Der Wagen war auch ein Geschenk. Aber du — du gehst doch nie wieder hin, nicht?"

„Nie wieder."

„Versprichst du es mir?"

„Ich verspreche es."

Aber der Tod, würde ich später argumentieren, tilgt Versprechungen. Ein Versprechen leistet man einem Lebenden gegenüber. Ein Toter ist schon nicht mehr derselbe, der er war, als er noch lebte. Sogar Liebe nimmt eine andere Gestalt an. Liebe hört auf, Glück zu sein. Liebe verwandelt sich in unerträglichen Verlust.

„Und du hast nicht über sie gelacht?"

„Es gab nichts zu lachen."

„Da muß er sehr enttäuscht gewesen sein."

Weitere Einladungen kamen nicht: er ließ uns in Frieden, und welch ein Frieden das war, in diesem Winter, tief wie der frischgefallene Schnee, der so früh in diesem Jahr kam, und beinahe ebenso still. Es schneite, während ich arbeitete (noch ehe der November um war, fiel der erste Schnee), während ich Briefe aus Spanien und Lateinamerika übersetzte, und die Stille, die sich dank dem Schnee vom Himmel draußen vor den getönten Scheiben des Bürogebäudes ausbreitete, war wie die zufriedene Stille zwischen uns daheim — ich empfand es so, als säße sie mir gegenüber, an meinem Büroschreibtisch, ganz so, wie sie mir spät abends an einem anderen Tisch gegenübersaß, während wir noch eine letzte Partie Rummy spielten, ehe wir zu Bett gingen.

II

Anfang Dezember, an Wochenenden, fuhren wir immer ein paar Stunden zum Schilaufen hinauf nach Les Diablerets. Ich war schon zu alt, diesen Sport noch zu erlernen, aber ich saß in einem Kaffeehaus und las mein *Journal de Genève*, froh, weil sie glücklich war, wenn sie in der weißen Kälte leicht wie eine Schwalbe über die Hänge herabschwebte. Die Hotels hatten sich dem Schnee geöffnet wie Blumen einem vorzeitigen Frühling. Die Weihnachtssaison würde vortrefflich werden. Ich liebte es, wie sie im Kaffeehaus an meinen Tisch trat, mit Schnee an den Stiefeln, die Wangen gerötet von der Kälte, wie vom Schimmer einer Kerzenflamme übergossen.

Einmal sagte ich zu ihr: „Ich war noch nie so glücklich."

„Warum sagst du das?" fragte sie. „Du warst verheiratet. Du warst glücklich mit Mary."

„Ich war in sie verliebt. Aber ich habe mich nie sicher gefühlt. Wir waren gleich alt, und als wir heirateten, hatte ich Angst, sie könnte zuerst sterben. So war es ja dann auch. Aber du bleibst mir lebenslänglich — außer du verläßt mich. Und sollte das geschehen, dann wäre es meine Schuld."

„An mich denkst du gar nicht? Du mußt lange

genug leben, damit wir gemeinsam gehen können — wohin dieser Weg auch führen mag."

„Ich will es versuchen."

„Zur selben Stunde?"

„Zur selben Stunde." Ich lachte, und sie stimmte ein. Der Tod war kein ernsthaftes Gesprächsthema, weder für sie noch für mich. Wir würden beisammen bleiben, für immer und ewig — *le jour le plus long* nannten wir das.

Obwohl er uns keinerlei Beweis für den Fortbestand seines Daseins lieferte, glaube ich, daß Dr. Fischer dennoch irgendwo in einer Nische meines Unterbewußtseins hauste, denn eines Nachts träumte ich sehr lebhaft von ihm. Er trug einen dunklen Anzug und stand an einem offenen Grab. Ich beobachtete ihn von der anderen Seite der Grube und rief spöttisch zu ihm hinüber: „Wen begraben Sie, Doktor? Haben Sie es mit Dentophil-Duft erreicht?" Er hob den Blick und sah mich an. Tränen liefen über seine Wangen, und ich spürte den tiefen Vorwurf, der in seinen Augen lag. Mit einem Schrei, der Anna-Luise und mich weckte, fuhr ich aus dem Schlaf auf.

Merkwürdig, wie einen ein Traum tagsüber verfolgen kann. Dr. Fischer folgte mir ins Büro: die untätigen Augenblicke zwischen zwei Übersetzungen füllte er mit seiner Gegenwart, und immer war es der traurige Dr. Fischer aus meinem Traum und nicht der hochmütige Dr. Fischer, den ich am Kopf der Tafel bei seiner wahnsinnigen Party gesehen hatte, der seine Gäste verhöhnte und sie zwang, die Abgründe ihrer schändlichen Habgier bloßzustellen.

An diesem Abend fragte ich Anna-Luise: „Glaubst du, wir sind zu hart zu deinem Vater gewesen?"

„Was meinst du damit?"

„Er muß sehr unter Einsamkeit leiden, in seinem riesigen Haus am See."

„Er hat ja seine Freunde", sagte sie. „Du hast sie schließlich getroffen."

„Das sind doch keine Freunde."

„Er selbst hat sie zu dem gemacht, was sie sind."

Dann erzählte ich ihr meinen Traum. Sie sagte nur: „Vielleicht war es das Grab meiner Mutter."

„War er bei der Beerdigung?"

„O ja, er war dort, aber Tränen habe ich keine in seinen Augen gesehen."

„Die Grube war offen. Ich habe im Traum keinen Sarg erblickt, keinen Priester, abgesehen von ihm auch keine Trauernden — außer ich selbst war einer."

„Bei der Beerdigung waren eine Menge Leute", sagte sie. „Meine Mutter war sehr beliebt. Das ganze Personal war da."

„Albert auch?"

„Albert gab es damals noch nicht. Es gab einen alten Butler, ich kann mich an seinen Namen nicht mehr erinnern. Er verließ uns nach dem Tod meiner Mutter, und die anderen alle auch. Mein Vater begann ein neues Leben mit lauter fremden Gesichtern um sich her. Bitte reden wir nicht mehr von deinem Traum. Das ist wie ein loser Wollfaden an einem Pullover. Du ziehst daran, und schon hast du begonnen, den ganzen Pullover aufzutrennen."

Sie hatte recht, es war wirklich, als hätte mein Traum einen Trennungsprozeß eingeleitet. Vielleicht waren wir ein bißchen zu glücklich gewesen. Vielleicht hatten wir uns ein Stückchen zu weit in eine Welt hineingeflüchtet, in der außer uns beiden niemand lebte. Der folgende Tag war ein Samstag, und Samstag arbeitete ich nicht. Anna-Luise wollte eine Kassette für ihren Rekorder kaufen (so wie ihre Mutter liebte auch sie Musik), und wir gingen zusammen in einen Laden im alten Teil von Vevey, nahe beim Markt. Sie wünschte sich eine Kassette mit Mozarts Jupiter-Symphonie.

Ein kleiner ältlicher Mann kam aus dem hinteren Teil des Ladens, um uns zu bedienen. (Ich weiß nicht, warum ich ihn „ältlich“ nenne, denn ich glaube, er war kaum älter als ich.) Ich besah eben ohne besonderes Interesse ein Plattenalbum eines französischen Chansonniers, der häufig im Fernsehen auftrat, als er mich fragte, ob er mir helfen könnte. Daß er mir alt vorkam, lag vielleicht an seinem irgendwie demütigen Blick. Er wirkte wie ein Mensch, der abgesehen von der Hoffnung auf eine kleine Provision für die von ihm getätigten Verkäufe alle Hoffnung aufgegeben hat. Außer ihm hatte wohl niemand in diesem Laden je etwas von der Jupiter-Symphonie gehört. Das Warenlager bestand hauptsächlich aus Popmusik.

„Ah, die 41. Symphonie“, sagte er, „gespielt von den Wiener Symphonikern. Eine sehr gute Aufnahme, aber ich glaube, wir haben sie nicht mehr auf Lager. Die Nachfrage ist nicht sehr groß“, setzte er mit einem furchtsamen Lächeln hinzu, „nicht danach, was ich wirkliche Musik nenne. Wenn Sie bitte einen Augenblick Geduld haben, ich muß nur im Lager nachsehen." Er blickte über meine Schulter auf Anna-Luise, die mit dem Rücken zu uns stand, und fragte: „Kann ich Ihnen vielleicht noch eine andere Mozart-Symphonie von unten mitbringen ...?"

Anna-Luise mußte seine Worte gehört haben, denn sie drehte sich um. „Wenn Sie die Krönungsmesse haben", sagte sie und unterbrach sich, denn der Mann starrte sie an, und auf seinen Zügen malte sich so etwas wie Entsetzen. „Die Krönungsmesse", stammelte er.

„Zeigen Sie uns doch einfach, was Sie an Mozart-Symphonien haben."

„Mozart", echote er, aber er rührte sich nicht von der Stelle.

„Ja, Mozart", sagte sie ungeduldig und ging an einen Drehständer, um die Kassetten zu betrachten. Die Augen des Mannes folgten ihr.

„Popmusik", sagte sie, „nichts als Popmusik", und drehte mit dem Finger den Ständer. Ich sah mich nach dem Verkäufer um.

„Verzeihen Sie, mein Herr", sagte er, „ich gehe schon nachsehen." Langsam schlurfte er zu einer Tür hinten im Laden, aber auf der Schwelle wandte er sich um und blickte zurück, zuerst zu Anna-Luise, dann zu mir. Er sagte: „Ich verspreche Ihnen, ich werde mein möglichstes tun ..." Es klang fast wie ein Hilfeschrei, als erwarte ihn da unten ein unnennbarer Schrecken.

Ich ging zu ihm hin und fragte ihn: „Fehlt Ihnen irgendwas?"

„Nein, nein. Ich habe ein bißchen mit dem Herzen zu tun, das ist alles."

„Sie sollten nicht mehr arbeiten. Ich sage es einem der anderen Verkäufer ..."

„Nein, bitte nicht, Monsieur. Bitte nicht. Aber wenn ich Sie etwas fragen dürfte?"

„Natürlich, gern."

„Die Dame, mit der Sie kamen ..."

„Meine Frau?"

„Oh, sie ist Ihre Frau ... sie erinnert mich so — Sie müssen mich für verrückt halten, für unverschämt — an eine Dame, die ich einmal gut kannte. Das liegt natürlich schon viele Jahre zurück, und heute wäre sie eine alte Frau ... beinahe so alt wie ich, und die junge Dame, Ihre Frau ..."

Und plötzlich fiel es mir wie Schuppen von den Augen, wer da vor mir stand, sich mit einer Hand am Türstock festhielt, alt und demütig und ohne die geringste Widerstandskraft — er hatte wohl nie viel Widerstand geleistet. Ich sagte: „Sie ist die Tochter von Dr. Fischer, Dr. Fischer aus Genf." Seine Beine knickten ganz langsam ein, als wollte er niederknien, um zu beten, und dann schlug sein Kopf auf den Fußboden.

Eine Verkäuferin, die einem Kunden ein Fernsehgerät vorführte, kam herbeigelaufen, um zu helfen. Ich versuchte ihn auf den Rücken zu drehen, aber auch ein leichter Körper wird schwer, wenn er leblos ist. Gemeinsam drehten wir ihn auf den Rücken, und sie öffnete ihm den Kragen. Sie sagte: „Ach, der arme Herr Steiner."

„Was ist geschehen?" fragte Anna-Luise, die von ihrem Drehständer mit den Kassetten zu uns herüberkam.

„Ein Herzanfall."

„Ach, armer Teufel."

„Sie rufen besser die Ambulanz", sagte ich zu der Verkäuferin.

Herr Steiner schlug die Augen auf. Drei Gesichter beugten sich über ihn, aber sein Blick galt nur einem einzigen. Er schüttelte ein wenig den Kopf und lächelte sanft. „„Was ist denn, Anna?" fragte er. Nach wenigen Minuten war die Ambulanz da, und wir gingen hinter der Bahre aus dem Laden.

Im Auto sagte Anna-Luise: „Er hat mit mir geredet. Er kannte meinen Namen."

„Er sagte Anna, nicht Anna-Luise. Er kannte deine Mutter."

Sie antwortete nicht, wußte aber so gut wie ich, was das bedeutete. Beim Mittagessen fragte sie mich: „Wie hieß er?"

„Steiner, sagte die Verkäuferin."

„Ich habe nie gewußt, wie er heißt. Meine Mutter sprach von ihm nur als ‚er'."

Wir hatten unsere Mahlzeit fast beendet, da sagte sie: „Würdest du ins Krankenhaus gehen und dich darum kümmern, daß er gut versorgt ist? Ich kann nicht selbst hin, das wäre nur wieder ein Schock für ihn."

Ich fand ihn in dem oberhalb von Vevey gelegenen Krankenhaus, in dem eine Tafel mit Richtungspfeil den neuen Patienten oder einen ängstlichen Besucher freundlich zum Centre Funéraire weist. Auf dem Hügel da oben spielt die Autostraße ohne Pause eine Symphonie in Beton. Er teilte das Zimmer mit einem alten bärtigen Mann, der mit weitgeöffneten Augen auf dem Rücken lag und zur Decke starrte. Ich hätte ihn für tot gehalten, wenn sich nicht ab und zu seine Lider gesenkt hätten, ohne daß sich sein Blick von dem weißen Gips-Himmel über ihm löste.

„Danke, daß Sie sich nach mir erkundigen", sagte Herr Steiner, „aber das wäre wirklich nicht nötig gewesen. Morgen lassen sie mich schon wieder heraus, unter der Bedingung, daß ich nicht zu viel arbeite."

„Ein paar Tage Ferien?"

„Das wird nicht nötig sein. Ich muß ja nichts Schweres tragen. Das Mädchen kümmert sich um die Fernsehapparate."

„Durchs Lastentragen ist es ja nicht passiert", sagte ich. Ich schaute zum Nachbarbett hinüber. Der alte Mann hatte sich nicht geregt, seit ich eingetreten war.

„Machen Sie sich seinetwegen keine Sorgen", sagte Herr Steiner. „Er spricht nichts und er hört auch nichts, wenn man ihn anredet. Ich frage mich oft, woran er wohl denkt, den ganzen Tag lang. An die große Reise vielleicht, die vor ihm liegt."

„Ich hatte im Laden schon Angst, daß Sie sich auf diese große Reise begeben haben."

„Soviel Glück habe ich nicht."

Es war deutlich, daß nicht sein Lebenswille ihn vor dem Sterben bewahrt hatte. Er sagte: „Sie sieht genau wie ihre Mutter aus, als sie jung war."

„Davon hatten Sie den Schock."

„Zuerst dachte ich, ich bilde mir alles nur ein. Immer wieder habe ich versucht, eine Ähnlichkeit mit ihr an anderen Frauen zu entdecken, noch jahrelang, nachdem sie gestorben war, bis ich es schließlich aufgab. Heute morgen aber — Sie nannten *seinen* Namen. Er lebt wahrscheinlich noch. Wäre er gestorben, hätte ich es sicher in der Zeitung gelesen. In der Schweiz bekommt jeder Millionär seinen Nachruf. Sie müssen ihn ja kennen, wenn Sie seine Tochter geheiratet haben."

„Ich bin ihm nur zweimal begegnet, das war alles, aber es genügt."

„Sie sind nicht miteinander befreundet?"

„Nein."

„Er ist ein harter Mann. Mich hat er nie von Angesicht zu Angesicht gesehen, aber er hat mich ruiniert. Ihren Tod hat er auf dem Gewissen, das kann man ruhig sagen, obwohl sie keine Schuld traf. Ich liebte sie, aber sie liebte mich nicht. Er hatte nichts zu befürchten. Es wäre nie wieder geschehen." Er warf einen schnellen Blick auf den alten Mann nebenan und war dann beruhigt. „Sie liebte Musik", sagte er, „besonders Mozart. Ich habe zu Hause eine Platte mit der Jupiter. Ich möchte sie Ihrer Frau gern schenken. Sie können ihr ja sagen, ich hätte sie im Lager gefunden."

„Wir besitzen kein Grammophon — nur einen Kassettenrecorder."

„Diese Platte wurde erzeugt, bevor es Kassetten gab." Es klang, wie wenn einer sagt, „bevor das Auto erfunden wurde."

Ich fragte: „Was meinten Sie damit — es wäre nie wieder geschehen?"

„Es war meine Schuld — und die von Mozart ... und ihre Einsamkeit. Ihr kann man sie nicht anlasten, ihre Einsamkeit." Seine Stimme klang jetzt zornig (wäre ihm genug Zeit geblieben, dachte ich, möglich, daß er es doch noch gelernt hätte, Widerstand zu leisten): „Vielleicht weiß er jetzt, was es bedeutet, einsam zu sein."

„Dann waren Sie beide also doch ein Liebespaar", sagte ich. „Nach allem, was mir Anna-Luise erzählte, glaubte ich, so weit wäre es nie gekommen."

„Kein Liebespaar", sagte er, „so können Sie es nicht nennen — kein Paar. Sie rief mich am nächsten Tag an, während er im Büro war. Wir empfanden beide, daß wir Unrecht getan hatten — Unrecht, meine ich, weil sie nicht in ein Netz von Lügen verstrickt werden durfte. Für sie hatte unsere Affäre keine Zukunft. Für sie gab es überhaupt nicht viel Zukunft, wie sich herausstellen sollte."

„Meine Frau sagt, es war ihr Wille zu sterben."

„Das stimmt. *Ich* war dazu nicht stark genug. Sonderbar, nicht? Sie hat mich zwar nie geliebt, aber sie hatte doch die Willenskraft zu sterben. Ich habe sie geliebt, aber die Willenskraft zu sterben, die fehlte mir. Ich ging sogar zu ihrer Beerdigung, denn er hatte mich ja nie gesehen."

„Also nahm doch jemand an dem Begräbnis teil, der um sie weinte — außer Anna-Luise und dem Personal."

„Wie meinen Sie das? Er hat geweint. Ich habe gesehen, wie er weinte."

„Anna-Luise sagt, er hätte keine Träne vergossen."

„Sie tut ihm unrecht. Sie war damals noch ein Kind. Wahrscheinlich hat sie nichts bemerkt. Aber das ist auch unwichtig."

Was stimmte? Mir fiel ein, wie Dr. Fischer bei der Party mit der Peitsche über die Köpfe seiner Meute Hunde geknallt hatte. Unmöglich sich vorzustellen, daß er Tränen vergoß — und was lag schon daran? Ich sagte: „Sie wissen doch, Sie sind uns immer willkommen. Ich meine, daß meine Frau sich freuen würde, Sie wiederzusehen. Vielleicht auf einen Drink, an einem der nächsten Abende?"

„Nein", sagte er, „danke. Lieber nicht. Ich glaube, ich könnte es nicht ertragen. Verstehen Sie doch, die beiden sehen aus wie ein und dieselbe Person."

Darauf gab es nichts zu sagen. Ich rechnete nicht damit, ihn je wiederzusehen. Zwar war ich überzeugt, daß er diesmal noch mit dem Leben davongekommen war, aber wäre er auch gestorben, sein Tod hätte in keiner Zeitung gestanden. Er war schließlich kein Millionär.

Anna-Luise wiederholte ich, was er mir erzählt hatte. Sie sagte: „Arme Mutter. Aber es war doch so eine kleine Lüge. Wenn es nur einmal passiert ist.“

„Ich frage mich, wie *er* es entdeckt hat.“ Sonderbar, wie selten wir Namen nannten. Im allgemeinen sprechen wir von „ihm“ oder „ihr“, aber Verwechslungen gab es keine. Vielleicht war das ein Teil der telepathischen Übereinstimmung, wie sie zwischen Liebenden existiert.

„Sie erzählte mir, daß er etwas in das Telephon einbauen ließ, um Gespräche aufzuzeichnen, als er Verdacht schöpfte — obwohl es nichts gab, was diesen Verdacht weckte. Er hat es ihr selbst gesagt. Als dann dieses Gespräch stattfand, wußte er alles. Es würde mich aber auch nicht überraschen, wenn sie selbst ihm davon erzählt hätte — mit dem Versprechen, daß es nicht wieder vorkäme. Vielleicht auch hat sie mich angelogen, weil ich noch zu jung war, um zu verstehen. Händchen halten und gemeinsam Mozart hören, das war damals für mich beinahe ein und dasselbe wie miteinander schlafen. Ihm ging das genauso — meinem Vater, meine ich.“

„Ich möchte wissen, ob er bei dem Begräbnis wirklich geweint hat.“

„Das glaube ich nicht — außer er weinte, weil er zusehen mußte, wie ihm sein Opfer entzogen wurde. Oder aber, weil er Heuschnupfen hatte. Sie starb um die Jahreszeit, in der der Heuschnupfen grassiert.“

12

Weihnachten senkte sich hernieder und bedeckte die Erde bis herunter zum Seeufer mit Schnee — es waren die kältesten Weihnachten seit Jahren, zum Vergnügen von Hunden, Kindern und Schisportlern, aber ich gehörte keiner dieser Gruppen an. Mein Büro war überheizt, aber der Garten davor strahlte durch die blaugetönten Fensterscheiben Kälte aus, und sein Anblick machte mich schaudern. Ich kam mir viel zu alt für meinen Beruf vor — sich den ganzen Tag lang mit Bonbons aus Milch- oder Bitterschokolade, mit Mandelsplittern oder Haselnüssen abzugeben, schien als Arbeit besser zu einem jüngeren Mann zu passen oder auch zu einem Mädchen.

Ich war überrascht, als einer meiner Chefs die Tür zu meinem Büro öffnete und Mr. Kips hereinbat. Als wäre ein Cartoon plötzlich zum Leben erwacht, so kam er auf mich zu: vornübergebeugt, mit ausgestreckter Hand, als erwarte er einen Dollar und nicht einen Händedruck. Mein Vorgesetzter sagte so respektvoll, wie ich es an ihm nicht gewohnt war: „Ich glaube, Sie haben Mr. Kips schon kennengelernt."

„Ja", sagte ich, „bei Dr. Fischer."

„Ich wußte gar nicht, daß Sie Dr. Fischer kennen."

„Mr. Jones ist mit Dr. Fischers Tochter verheiratet“, sagte Mr. Kips.

Ich glaubte, in den Zügen meines Chefs Furcht aufsteigen zu sehen. Bis zu diesem Augenblick war ich viel zu unwichtig, als daß er mich bemerkt hätte, doch plötzlich bedeutete ich eine Gefahr — denn ein Schwiegersohn von Dr. Fischer, mit dessen ganzem Einfluß im Rücken, nicht wahr, der konnte womöglich einen Sitz im Aufsichtsrat einnehmen?

Unklugerweise konnte ich nicht widerstehen, ihn ein wenig zu foppen. „Dentophil-Duft“, sagte ich, „versucht die Schäden ungeschehen zu machen, die wir hier in diesem Gebäude den Zähnen zufügen.“ Es war eine sehr voreilige Bemerkung: sie konnte als Illoyalität ausgelegt werden. Big Business, wie der Geheimdienst auch, erfordert vom Arbeitnehmer mehr Loyalität als Ehrlichkeit.

„Mr. Kips ist ein Freund unseres Geschäftsführers“, sagte mein Vorgesetzter. „Er hat ein kleines Übersetzungsproblem, und der Geschäftsführer wünscht, daß Sie ihm zur Hand gehen.“

„Ein Brief, den ich nach Ankara schicken will“, sagte Mr. Kips. „Ich möchte eine türkische Übersetzung beilegen, um Mißverständnissen vorzubeugen.“

„Ich lasse Sie allein“, sagte mein Chef, und nachdem sich die Tür hinter ihm geschlossen hatte, erklärte mir Mr. Kips: „Es ist natürlich vertraulich.“

„Das habe ich angenommen.“

Ich hatte es wirklich auf den ersten Blick gesehen. Es gab Hinweise auf Prag und Skoda, und

Skoda heißt für jedermann Waffen. Die Schweiz ist ein Land mit seltsam verwickelten Geschäftsbeziehungen: in diesem harmlosen kleinen und neutralen Staat wird viel Wäsche weißgewaschen, sowohl politisch wie auch finanziell. Die zu übersetzenden Fachausdrücke, schien es mir, hingen alle mit Waffen zusammen. (Vorübergehend befand ich mich in einer Welt sehr weit abseits von Schokoladenbonbons.) Anscheinend gab es eine Firma amerikanischen Ursprungs mit Namen I. C. F. C. Inc., die im Auftrag einer türkischen Gesellschaft in der Tschechoslowakei Waffen kaufte. Der endgültige Bestimmungsort der Waffen — alles Handfeuerwaffen — war besonders unklar. Ein Name, der palästinensisch oder persisch klang, war irgendwie mit hineinverwickelt.

Mein Türkisch ist viel stärker eingerostet als mein Spanisch, weil ich weniger Übung habe (wir verkaufen nicht viel in das Land des Rahat Loquum), und deshalb brauchte ich eine ganze Weile für die Übersetzung. „Ich lasse es sauber abtippen", sagte ich zu Mr. Kips.

„Es wäre mir lieber, Sie machen das selbst", erwiderte Mr. Kips.

„Die Sekretärin versteht nicht Türkisch."

„Trotzdem . . ."

Nachdem ich den Text abgeschrieben hatte, sagte Mr. Kips: „Ich weiß schon, Sie haben das in den Bürostunden gemacht, aber dennoch wäre vielleicht ein kleines Geschenk für Sie . . ."

„Ganz überflüssig."

„Darf ich dann vielleicht Ihrer Frau eine Bon-

bonniere schicken? Feine Likörbonbons zum Beispiel?“

„Ach, wissen Sie, Mr. Kips, in meinem Beruf hat man mehr als genug Konfekt.“

Mr. Kips, noch immer vornübergebeugt, so daß seine Nase fast die Schreibtischplatte berührte, als versuche er den schwer faßbaren Dollar zu erschnuppern, faltete den Brief und das Original sorgfältig zusammen und verstaute alles in seinem Aktenköfferchen. Er sagte: „Wenn wir uns bei Dr. Fischer wiedersehen, nicht wahr, werden Sie natürlich nicht erwähnen ... Diese Angelegenheit ist streng vertraulich.“

„Ich nehme nicht an, daß wir uns dort je wiedersehen.“

„Aber warum denn nicht? Um diese Jahreszeit, bei schönem Wetter, Schnee tut nichts zur Sache, gibt er gewöhnlich die beste Party des Jahres. Sehr bald, denke ich, werden wir die Einladung bekommen.“

„Ich habe an einer teilgenommen; das hat mir gereicht.“

„Zugegeben, bei der letzten Party ging es vielleicht ein bißchen ungehobelt zu. Aber trotzdem wird sie seinen Freunden in Erinnerung bleiben — als Porridge-Party. Die Hummer-Party war viel unterhaltsamer. Aber man weiß ja nie, was Dr. Fischer wieder ausgeheckt hat. Ich erinnere mich an die Wachtel-Party, die Madame Faverjon ziemlich aus der Fassung brachte ...“ Er seufzte. „Sie hatte Vögel so gern. Jeder mag eben was anderes.“

„Bis auf Geschenke, die mag jeder, nehme ich an."

„Ja, er ist ein sehr ... sehr großzügiger Mensch."

Mr. Kips bewegte sich tief gebeugt auf die Tür zu: man konnte glauben, in den grauen Plüschläufer wäre ein Leitfaden eingewebt, dem er folgen mußte. Ich rief ihm noch nach: „Ich habe einen ehemaligen Angestellten von Ihnen getroffen. Er arbeitet jetzt in einem Musikladen. Heißt Steiner."

Er sagte: „An den Namen erinnere ich mich nicht", und setzte unbeirrt seinen Weg auf dem Plüschläufer fort, als wäre er ihm vorgeschrieben.

In dieser Nacht erzählte ich Anna-Luise von meiner Begegnung. „Man entkommt ihnen nicht", sagte sie. „Erst der arme Steiner, und dann Mr. Kips."

„Mr. Kips' Geschäfte hatten aber nichts mit deinem Vater zu tun. Er bat mich sogar eigens, nichts von unserem Gespräch zu erwähnen, wenn ich deinen Vater sehe."

„Und du hast es versprochen?"

„Natürlich. Ich habe nicht die Absicht, ihn je wiederzusehen."

„Aber jetzt haben sie erreicht, daß euch beide ein Geheimnis verbindet, verstehst du? Die wollen dich nicht in Frieden lassen. Sie wollen, daß du einer der Ihren wirst. Sonst fühlen sie sich nicht sicher."

„Sicher?"

„Sicher davor, daß ein Außenstehender sie auslacht."

„Nun also, die Angst ausgelacht zu werden, scheint sie aber nicht sonderlich zu schrecken."

„Ja, ich weiß. Ihre Gier ist noch stärker."

„Ich frage mich, was Madame Faverjon bei der Wachtel-Party so außer Fassung gebracht hat."

„Etwas Bestialisches. Da kannst du ganz überzeugt sein."

Der Schnee fiel ohne Unterlaß. Weihnachten würden diesmal besonders weiß ausfallen. Selbst die Autostraße war blockiert, und der Flughafen Cointrin blieb vierundzwanzig Stunden gesperrt. Uns machte das nichts aus. Wir feierten die ersten gemeinsamen Weihnachten und begingen das Fest wie Kinder, mit allem Zubehör. Anna-Luise kaufte einen Weihnachtsbaum, und wir legten unsere Geschenke darunter; in den Läden hatten wir sie zuvor in buntes Papier packen und mit Schleifen versehen lassen. Ich fühlte mich mehr in der Rolle eines Vaters als in der des Liebhabers oder Gatten. Mich störte das nicht — ein Vater stirbt als erster.

Am Weihnachtsabend hörte es auf zu schneien, und wir gingen zur Christmette in die alte Abtei in Saint Maurice und lauschten der noch älteren Geschichte von dem Erlaß des Kaisers Augustus und wie jedermann besteuert werden sollte. Wir waren beide nicht römisch-katholisch, aber Weihnachten ist das Fest für alle Kinder. Es paßte ganz gut ins Bild, Belmont dort zu sehen, wie er aufmerksam dem Erlaß des Kaisers lauschte, ganz allein, so wie damals, als er zu unserer Hochzeit gekommen war. Vielleicht hätte die Heilige Familie seinen Rat einholen sollen und wäre so der Eintragung in die Listen von Bethlehem entgangen.

Wir konnten ihm nicht ausweichen, als wir gingen, denn er stand beim Tor und wartete dort, in seinem dunklen Anzug mit dunkler Krawatte und dunklem Haar, eine dünne Figur mit dünnen Lippen, auf denen ein fadenscheiniges Lächeln lag. „Fröhliche Weihnachten", wünschte er, blinzelte uns zu und drückte mir einen Briefumschlag in die Hand wie einen Steuerbescheid. Er enthielt ein Billett. „Ich habe kein Vertrauen zur Post", sagte er, „um die Weihnachtszeit." Er winkte mit der Hand. „Dort drüben steht Mrs. Montgomery. Ich war überzeugt, sie hier zu treffen. Sie ist sehr ökumenisch."

Mrs. Montgomery trug einen blaßblauen Schal über der blaßblauen Frisur, und ich entdeckte den neuen Smaragd in der Vertiefung an ihrem faltigen Hals. „Ha-ha, Monsieur Belmont mit seinen Karten, wie gewöhnlich. Und unser junges Paar. Recht fröhliche Weihnachten, Ihnen allen. Den General habe ich nicht in der Kirche gesehen. Hoffentlich ist er nicht krank. Ah! Dort steht er ja!" Ja, weiß Gott, dort stand der Divisionär, eingerahmt vom Portal der Kirche, wie das Porträt eines Kreuzfahrers mit seiner Konquistadorennase und dem militärisch gestutzten Schnurrbart, steif, als hätte er einen Ladestock im Rücken und in seinem rheumatischen Bein — es fiel einem schwer zu glauben, daß er nie Gefechtslärm gehört hatte. Auch er war ohne Begleitung.

„Und Mr. Deane", rief Mrs. Montgomery, „der *muß* auch hier sein. Er ist doch immer da, wenn er nicht gerade irgendwo im Ausland filmt."

Es war nicht zu übersehen, wir hatten einen schweren Fehler gemacht. Die Mitternachtsmesse in Saint Maurice war genauso ein gesellschaftliches Ereignis wie eine Cocktailparty. Nie wäre es uns gelungen, uns fortzustehlen, wenn nicht in diesem Augenblick Richard Deane aus der Kirche aufgetaucht wäre, mit von Alkohol gedunsenem Gesicht und geröteten Wangen. Wir hatten gerade noch Gelegenheit zu bemerken, ehe wir entwischten, daß er ein hübsches Mädchen im Schlepptau hatte.

„Du meine Güte", sagte Anna-Luise, „eine Kriechtierparty."

„Wir konnten doch nicht ahnen, daß sie sich hier versammeln."

„Ich halte ja nicht viel von diesem Weihnachtsrummel, aber ich möchte wenigstens gern daran glauben. Nur, diese Kriechtiere ... was die wohl veranlaßt, herzukommen?"

„Wahrscheinlich ist es eine Weihnachtssitte, so wie unser Baum. Im vorigen Jahr war ich allein hier. Ohne Grund. Wahrscheinlich standen sie immer schon so herum, aber damals kannte ich sie noch nicht — damals, das klingt, als sei es Ewigkeiten her. Damals wußte ich noch nicht einmal, daß es dich gibt."

Im Bett dann lagen wir einander glücklich in den Armen, in dieser kurzen Pause zwischen Liebe und Schlaf, und wir sprachen heiter und gelöst von den Kriechtieren, als wären sie eine Art komischer Begleitchor zu unserer eigenen Geschichte, der einzigen, die wirklich zählte.

„Glaubst du, daß die Kriechtiere eine Seele haben?“ fragte ich Anna-Luise.

„Hat nicht jeder Mensch eine Seele — ich meine, wenn man an Seelen glaubt?“

„Das ist die offizielle Lehrmeinung — aber meine sieht anders aus. Ich glaube, Seelen entwickeln sich aus einem Embryo, genau wie wir auch. Unser Embryo ist noch kein menschliches Wesen, er hat noch etwas von einem Fisch, und die Seele des Embryos ist noch keine Seele. Ich hege meine Zweifel, daß ganz kleine Kinder schon eine Seele haben, so wenig wie Hunde — wahrscheinlich ist das auch der Grund, warum die römisch-katholische Kirche das Fegefeuer erfunden hat.“

„Hast du eine Seele?“

„Ich glaube schon, vielleicht, leicht beschädigt zwar, aber sie ist doch da. Wenn es Seelen gibt, dann hast du ganz sicher eine.“

„Wieso?“

„Du hast gelitten. Um deine Mutter. Kleine Kinder leiden nicht, auch Hunde nicht, außer um sich selbst.“

„Und wie steht es mit Mrs. Montgomery?“

„Seelen färben ihr Haar nicht blau. Könntest du dir vorstellen, daß sie sich je selbst fragt, ob sie eine Seele hat?“

„Und Monsieur Belmont?“

„Der hatte nie Zeit, eine zu entwickeln. Alle Länder ändern doch unentwegt ihre Steuergesetze, bei jedem Budget schließen sie irgendwelche Lücken im Gesetz, und er muß sich immerzu neue Tricks ausdenken, wie er es umgeht. Eine Seele ohne Privatleben gibt es nicht. Belmont hat keine Zeit für ein Privatleben."

„Und der Divisionär?"

„Beim Divisionär bin ich mir nicht so sicher. Schon möglich, daß er eine hat. Man hat den Eindruck, er ist irgendwie unglücklich."

„Ist das immer ein Anzeichen?"

„Ich glaube schon."

„Und Mr. Kips?"

„Bei dem weiß ich's auch nicht so genau. Ihn umgibt so was wie Enttäuschung, diesen Mr. Kips. Vielleicht sucht er etwas, was er verlegt hat. Vielleicht sucht er seine Seele, und nicht einen Dollar."

„Richard Deane?"

„Nein. Mit Sicherheit nicht. Keine Seele. Soviel ich höre, bewahrt er Kopien aller seiner Filme auf und spielt sie sich jede Nacht vor. Er hat nicht einmal soviel Zeit, die Drehbücher nachzulesen. Ihm genügt schon, daß er sich selbst sieht. Wer eine Seele hat, kann nicht selbstzufrieden sein."

Wir schwiegen beide lange Zeit. Wäre alles mit rechten Dingen zugegangen, hätten wir einschlafen müssen, doch jeder fühlte, daß der andere wach lag und dasselbe dachte. Mein alberner Scherz hatte sich in Ernst verwandelt. Es war Anna-Luise, die den Gedanken aussprach.

„Und mein Vater?"

„Er hat ganz bestimmt eine Seele", sagte ich, „aber vielleicht ist es eine verdammte Seele."

13

Wahrscheinlich gibt es in jedem Menschenleben einen Tag, dessen Einzelheiten uns in allen, selbst den trivialsten Einzelheiten so deutlich im Gedächtnis bleiben, als seien sie in Wachs geprägt. So ein Tag war für mich der letzte Tag des Jahres — ein Samstag. In der vorangegangenen Nacht hatten wir beschlossen, am nächsten Morgen nach Les Paccots hinaufzufahren, vorausgesetzt, das Wetter war so gut, daß Anna-Luise Schi fahren konnte. Am Feiertag hatte es ein bißchen getaut, aber in der Nacht zum Samstag fror es. Wir wollten zeitig aufbrechen, ehe noch die Hänge überfüllt waren, und zusammen im Hotel mittagessen. Ich erwachte um halb acht Uhr und erkundigte mich telephonisch beim *météo* nach den Wetterverhältnissen. Alles war in Ordnung, aber Vorsicht wurde empfohlen. Ich toastete Weißbrot und kochte zwei Eier und brachte ihr das Frühstück ans Bett. „Warum zwei Eier?“ fragte sie.

„Weil du bis Mittag halbtot vor Hunger sein wirst, wenn du dort sein willst, bevor der Schilift in Betrieb genommen wird.“ Sie zog einen neuen Pullover an, den ich ihr zu Weihnachten geschenkt hatte, aus dicker weißer Wolle mit einem roten Sattel: sie sah wunderbar darin aus. Um halb neun fuhren wir los. Die Straße war in ganz gutem Zustand, aber wie vom *météo* angekündigt, gab es vereiste Stellen, und in Châtel St. Denis mußte ich Schneeketten anlegen. Der Schilift war schon in Betrieb, als wir ankamen. Wir zankten uns ein bißchen in St. Denis. Sie wollte die lange Abfahrt von Corbetta machen und über die schwarze Piste von Le Pralet abfahren, aber weil ich so ängstlich war, ließ sie sich mir zuliebe überreden, die leichtere rote Piste nach La Cierne abzufahren.

Ich war im geheimen erleichtert, daß schon eine Anzahl Leute beim Lift nach Les Paccots warteten. Ich hielt das für sicherer. Mir hatte es nie gefallen, wenn Anna-Luise ganz allein über einen leeren Hang herunterfuhr. Zu sehr erinnerte es an Schwimmen an einem menschenleeren Meeresstrand. Insgeheim fürchtet man immer, daß diese Leere gute Gründe haben muß — eine nicht wahrnehmbare Verseuchung des Wassers oder eine tückische Strömung.

„Ach du meine Güte", sagte sie, „wären wir nur die ersten gewesen. Eine leere Piste ist das Schönste."

„Unter Menschen ist es sicherer", sagte ich. „Denk daran, in welchem Zustand die Straße war. Sei vorsichtig."

„Ich bin immer vorsichtig."

Ich wartete, bis es losging, und winkte ihr zu, während sie sich hinaufschleppen ließ. Ich blickte ihr nach, bis sie hinter den Bäumen verschwand, es war leicht, sie nicht aus den Augen zu verlieren, wegen des roten Sattels an ihrem Pullover. Dann ging ich ins Hotel Corbetta, das mitgebrachte Buch unter dem Arm. Es war eine Anthologie mit Prosa und Lyrik, mit dem Titel *Der Tornister,* herausgegeben von Herbert Read. Erschienen war der Band 1939, nach dem Ausbruch des Krieges, in einem kleinen Format, damit ihn Soldaten leicht in ihrem Gepäck unterbringen konnten. Zwar war ich nie Soldat gewesen, aber ich hatte das Buch während des Sitzkrieges liebgewonnen. Während im Luftschutzkeller die anderen mit aufgesetzten Gasmasken ihre unvermeidliche Partie Wurfpfeil spielten, vertrieb mir das Buch viele Stunden der Zeit, in der ich wartete, daß auf London die Bombenangriffe erfolgten, die nie stattzufinden schienen. Jetzt habe ich das Buch weggeworfen, aber einige Passagen daraus, die ich 1940 las, in jener Nacht, in der ich eine Hand verlor, blieben eingeprägt in das Wachs der Erinnerung. Deutlich weiß ich noch, was ich gerade las, als die Sirenen ertönten: ein ironischer Zufall wollte es, daß es Keats *Ode auf eine griechische Urne* war

> Die Melodie, erlauscht, klingt süß,
> doch unerlauschtes Lied klingt süßer noch ...

Eine unerlauschte Sirene hätte sicherlich noch süßer geklungen. Ich versuchte, die Ode zu Ende zu lesen, kam aber nicht weiter als

> Und deine Straßen, kleine Stadt, auf ewiglich
> sie bleiben stumm ...

ehe ich den relativ sicheren Unterstand verlassen mußte. Bis um zwei Uhr früh gingen mir die Worte immer wieder durch den Kopf wie etwas, das mir durch eine Art Gottesurteil bestimmt war, denn in den Straßen selbst herrschte wirklich seltsames Schweigen — aller Lärm kam von oben: das Prasseln der Flammen, das zischende Geräusch des Wasserstrahls und der Lärm der Motoren, die dröhnten: „Wo steckst du? Wo steckst du?" Im Zentrum der Zerstörung lastete absolute Stille, ehe ein Blindgänger von Bombe irgendwie doch detonierte, die Stille der Straße zerriß und mich um eine Hand ärmer machte.

Ja, ich erinnere mich ... aber nichts von diesem Tag, bis zum Abend, werde ich je vergessen können ... so wie ich mich genau des kleinen Wortwechsels entsinne, den ich im Hotel Corbetta mit dem Kellner hatte, weil ich einen Fensterplatz wollte, von dem aus ich die Straße beobachten konnte, über die sie kommen mußte, weil die Piste von La Cierne dort endete. An diesem Tisch hatte eben noch ein anderer Gast gesessen, und eine benützte Tasse mit Unterteller stand da, die der Kellner wohl nicht abservieren wollte. Er war ein verdrießlicher Mensch und sprach mit ausländischem Akzent. Ich nehme an, daß er nur vorübergehend aushalf, denn Schweizer Kellner sind die entgegenkommendsten von allen, und ich erinnere mich noch, daß ich dachte, er würde sich hier wohl nicht lange halten.

Ohne Anna-Luise verging die Zeit nur langsam. Die Lektüre ermüdete mich, und ich überredete den Kellner mit Hilfe eines Zweifrankenstücks, mir den

Tisch reserviert zu halten; ich versprach ihm, daß wir zu zweit einen Imbiß um die Mittagszeit einnehmen würden. Eine Menge Autos mit Schiern auf den Dächern trafen jetzt ein, und beim Schilift hatte sich eine ziemlich lange Menschenschlange gebildet. Ein Mann der Bergrettung, die im Hotel ständig Bereitschaftsdienst machte, unterhielt sich mit einem Bekannten in der Schlange. „Zuletzt hatten wir Montag einen Unfall. Ein Junge — Knöchelbruch. Jedesmal dasselbe, in den Schulferien." Ich ging zu dem kleinen Laden neben dem Hotel, weil ich sehen wollte, ob es nicht eine französische Zeitung gab, aber sie führten nur die Lausanner Zeitung, die ich schon beim Frühstück überflogen hatte. Ich kaufte eine Packung Toblerone für uns als Nachtisch, weil ich wußte, im Restaurant würde es nur Eis geben. Dann ging ich ein Stückchen spazieren, um den Schifahrern auf der *piste bleu* auf den sanften Anfängerhängen zuzusehen. Anna-Luise, das wußte ich, würde ich nicht sehen, weil sie viel höher oben durch den Wald über die rote Piste kommen mußte. Sie war eine ausgezeichnete Schiläuferin: wie früher erwähnt, hatte sie ihre Mutter schon mit vier Jahren zum ersten Mal auf Schier gestellt und mit dem Unterricht begonnen. Ein eisiger Wind wehte, und ich kehrte an meinen Tisch zurück, um passenderweise Ezra Pounds *Seefahrer* zu lesen:

Harter Eis-Schorf haftete an mir, Hagel flog.
Hörte dort nichts als harsches Meer.
Und eiskalten Seegang . . .

Danach schlug ich die Anthologie an einer beliebigen Stelle auf und las Chin Shengt'an's *33 Glückliche Augenblicke.* Ich habe immer schon gefunden, daß orientalische Weisheit voll gräßlicher Selbstgefälligkeit steckt: „Mit einem scharfen Messer eine hellgrüne Wassermelone auf einem großen scharlachroten Teller an einem Sommernachmittag zu zerschneiden, ah, ist das nicht das reine Glück?" O ja, wenn man ein chinesischer Philosoph ist, wohlhabend dazu, hohes Ansehen genießt, in Frieden mit der Welt lebt, von nichts bedroht, zum Unterschied von einem christlichen Philosophen, der in Gefahr und Zweifel gedeiht. Wenn ich auch kein gläubiger Christ bin, so ziehe ich dennoch Pascal vor. „Jedermann weiß, daß der Anblick von Katzen oder Ratten, das Brechen von Kohle etc. den Geist verwirren kann." Jedenfalls, dachte ich, mag ich Wassermelonen nicht. Ich vergnügte mich damit, einen vierunddreißigsten glücklichen Augenblick zu ersinnen, um nichts weniger selbstgefällig als bei Chin Shengt'an. „In einem Schweizer Kaffeehaus in der Wärme zu sitzen, die weißverschneiten Hänge vor dem Fenster zu sehen und zu wissen, daß die Geliebte gleich durch die Tür treten wird, mit geröteten Wangen, Schnee an den Stiefeln und in einen warmen Sweater mit rotem Sattel gehüllt, ah, ist das nicht das reine Glück?"

Wieder schlug ich den *Tornister* aufs Geratewohl auf, aber die Gottesurteile funktionieren nicht immer, und ich sah mich *Dr. Donnes letzten Tagen* gegenüber. Mich wunderte, weshalb jemand erwartete, ein Soldat würde diesen Text zu seinem Vergnügen oder als Seelentrost in seinem Tornister herumtragen, und ich versuchte es noch einmal. Herbert Read hatte eine Textstelle aus einem seiner eigenen Werke mit dem Titel *Rückzug aus St. Quentin* in den Band aufgenommen, und ich erinnere mich noch an den Sinn, wenn auch nicht an den Wortlaut dessen, was ich las, ehe ich das Buch weglegte, um es nie mehr aufzunehmen. „Ich spürte, dies ist der Augenblick des Todes. Dennoch empfand ich keinerlei Erregung. Ich entsinne mich, einmal gelesen zu haben, daß Menschen, die in der Schlacht von einer Kugel getroffen werden, den Schmerz erst viel später fühlen." Ich blickte auf von meinem Buch. Irgendetwas war beim Schilift geschehen. Der Mann, der von dem Jungen mit dem Knöchelbruch erzählt hatte, half einem anderen, eine Bahre zum Schilift zu tragen. Ihre Schier hatten sie auf die Bahre gelegt. Ich hörte auf zu lesen und ging aus Neugierde hinaus. Ich mußte erst mehrere Autos vorbeifahren lassen, ehe ich die Straße überqueren konnte, und als ich beim Schilift ankam, war die Bergrettung schon hinaufgefahren.

Ich fragte einen der Umstehenden, was geschehen war. Keiner schien daran sonderlich interessiert. Ein Engländer sagte: „Ein Kind hatte einen schweren Sturz. Das passiert immer wieder."

Eine Frau sagte: „Ich glaube, sie machen eine Übung für die *sauveteurs.* Da telephonieren sie von oben herunter und schauen, ob sie sie erwischen, beim Schwänzen."

„So einer Übung zuzuschauen ist sehr interessant", sagte ein anderer Mann. „Sie müssen mit der Bahre auf Schiern herunterfahren. Dazu muß man schon allerhand können."

Ich ging zum Hotel zurück, um wieder in der Wärme zu sein — ich konnte genausogut alles vom Fenster aus sehen, aber die meiste Zeit beobachtete ich den Schilift, denn nun mußte Anna-Luise jeden Augenblick zurückkommen. Der griesgrämige Kellner trat an den Tisch und fragte, ob ich jetzt bestellen wollte: er wirkte wie eine Parkuhr, die anzeigt, daß jetzt die Zeit für meine zwei Franken abgelaufen war. Ich bestellte noch einen Kaffee. Die Menschengruppe beim Schilift geriet in Bewegung. Ich ließ den Kaffee stehen und überquerte die Straße.

Der Engländer, der vorhin gemeint hatte, ein Kind hätte sich verletzt, erzählte jetzt allen triumphierend: „Es ist wirklich ein Unfall. Ich habe gehört, was sie im Büro gesagt haben. Sie haben telephonisch eine Ambulanz aus Vevey angefordert."

Selbst dann noch, wie der Soldat in St. Quentin, begriff ich nicht, daß ich getroffen war, nicht einmal, als die *sauveteurs* die Straße von La Cierne entlangkamen und die Bahre mit großer Behutsamkeit, der Frau wegen, die darauf lag, absetzten. Sie trug einen ganz anderen Sweater als den, den ich Anna-Luise geschenkt hatte — einen roten Sweater.

„Eine Frau", sagte einer, „armes Ding, das sieht bös aus", und ich empfand das gleiche flüchtige und automatische Mitgefühl wie er.

„Ziemlich ernsthaft“, erklärte uns allen der triumphierende Mensch. Er stand der Bahre am nächsten. „Sie hat eine Menge Blut verloren.“

Von dort, wo ich stand, schien mir, daß sie weißes Haar hatte, bis ich erfaßte, daß man ihren Kopf verbunden hatte, ehe man sie herunterbrachte.

„Ist sie bei Bewußtsein?“ fragte eine Frau, und der Engländer, der alles wußte, schüttelte den Kopf.

Die Gruppe der Umstehenden schrumpfte immer mehr zusammen, als einer nach dem anderen mit dem Schilift bergwärts fuhr. Der Engländer trat auf einen der *sauveteurs* zu und sprach mit ihm in schlechtem Französisch. „Sie glauben, sie hat eine Schädelverletzung“, erklärte er uns übrigen, wie ein Fernsehkommentator, der übersetzt. Jetzt hatte ich freie Sicht. Es war Anna-Luise. Der Sweater sah nicht mehr weiß aus, weil er blutgetränkt war.

Ich stieß den Engländer beiseite. Er packte mich am Arm und sagte: „Lassen Sie ihr doch Platz, Mann. Sie muß doch atmen können.“

„Das ist meine Frau, Sie Idiot.“

„Wirklich? Das tut mir aber leid. Nehmen sie es nicht zu tragisch, guter Mann.“

Es wahr wohl eine Sache von Minuten, glaube ich, aber Stunden schienen zu vergehen, bis endlich der Krankenwagen eintraf. Ich stand neben ihr, starrte auf ihr Gesicht hinunter und sah darin kein Zeichen von Leben. Ich fragte: „Ist sie tot?“ Es muß ein bißchen unbeteiligt geklungen haben.

„Nein“, versicherte mir einer. „Nur bewußtlos. Ein Schädelbruch.“

„Wie ist es geschehen?“

„Soviel wir wissen, stürzte dort oben ein kleiner Junge und verstauchte sich den Knöchel. Er hätte überhaupt nicht auf der *piste rouge* fahren dürfen, er hätte auf die *piste bleu* gehört. Sie kam über einen Buckel und hatte nicht Zeit, ihm auszuweichen. Wahrscheinlich wäre nichts geschehen, wenn sie rechts abgeschwungen wäre, aber sie hatte zuviel Tempo, um zu überlegen. Sie machte einen Schwung nach links, zu den Bäumen hin — Sie kennen ja die Piste —, aber nach dem Tauen und dem Frieren liegt dort Harsch und der Schnee ist tückisch; sie fuhr in vollem Tempo gegen einen Baum. Sorgen Sie sich nicht. Der Krankenwagen wird jeden Augenblick da sein. Im Krankenhaus bringen sie das schon wieder in Ordnung.“

Ich sagte: „Ich bin gleich wieder da. Ich muß erst noch meinen Kaffee bezahlen.“

Der Engländer sagte: „Wirklich, es tut mir ja so leid, guter Mann. Wenn ich gewußt hätte . . .“

„Um Himmels willen, verziehen Sie sich endlich.“

Der Kellner war mürrischer denn je. Er sagte: „Sie haben den Tisch für Mittag bestellt. Ich mußte andere Gäste wegschicken.“

„Mich werden Sie hier gewiß nicht wiedersehen“, biß ich zurück und warf ein 50-Centime-Stück auf den Tisch, das zu Boden rollte. Dann wartete ich bei der Tür, ob er es aufheben würde. Er tat es, und ich war beschämt. Aber, hätte es in meiner Macht gestanden, ich hätte Rache an der ganzen Welt genommen — wie Dr. Fischer, dachte ich, genau wie Dr. Fischer. Ich hörte die Sirene der Ambulanz und lief hinaus zum Schilift.

Sie räumten mir im Krankenwagen einen Platz neben der Bahre ein, und ich ließ unseren Wagen stehen. Ich sagte mir vor, ich würde ihn bald holen, sobald es ihr besser ging, und die ganze Zeit beobachtete ich ihre Züge und wartete, daß sie aus dem Koma erwachte und mich erkannte. In dieses Restaurant gehen wir nicht mehr, wenn wir zurückkommen, dachte ich, wir gehen in das beste Hotel im ganzen Kanton, und essen Kaviar wie Dr. Fischer. Sie wird ja noch nicht Schi fahren können, und bis dahin liegt wohl auch kein Schnee mehr. Wir werden in der Sonne sitzen, und ich erzähle ihr, was für Angst ich um sie hatte. Ich erzähle ihr von diesem blöden Engländer, ich habe ihm gesagt, er soll sich verziehen, und er hat sich verzogen — und dann wird sie lachen. Wieder sah ich auf ihr regungsloses Gesicht. Wären ihre Augen nicht geschlossen gewesen, hätte man meinen können, sie sei tot. Ein Koma ist wie ein tiefer Schlaf. Wach nicht auf, flehte ich in Gedanken, bis sie dir Medikamente gegeben haben, damit du keine Schmerzen leidest.

Der Krankenwagen fuhr mit heulender Sirene hügelabwärts zum Hospital, und ich sah den Richtungspfeil zur Leichenhalle, wie schon oft, aber jetzt erfüllte mich eine dumpfe Wut darüber und über die Idiotie der Behörden, die das Schild just an eine Stelle gesetzt hatten, wo es jemand wie ich sehen mußte. Das hat schon nichts mehr mit Anna-Luise und mir zu tun, dachte ich, überhaupt nichts.

Der Richtungspfeil zur Leichenhalle ist auch alles, worüber ich mich jetzt noch beklagen kann. Jedermann erwies sich, sobald der Krankenwagen anhielt, als überaus tüchtig. Zwei Ärzte warteten schon vor dem Eingang zum Krankenhaus auf unsere Ankunft. Die Schweizer sind wirklich sehr tüchtig. Man braucht nur an die komplizierten Uhrwerke zu denken und an die Präzisionsinstrumente, die sie erzeugen. Ich hatte den Eindruck, daß Anna-Luise mit ebensogroßer Sachkenntnis repariert werden würde wie eine Uhr — eine Uhr von mehr als gewöhnlichem Wert, eine Quarz-Uhr, weil sie schließlich Dr. Fischers Tochter war. Das erfuhren sie, als ich sagte, ich müßte mit ihm telephonieren.

„Mit Dr. Fischer?"

„Ja, er ist der Vater meiner Frau."

An ihrem Verhalten merkte ich, daß diese Uhr nicht den normalen Garantieschein hatte. Schon wurde sie, begleitet von dem älteren der beiden Ärzte, hinweggerollt. Ich konnte nur noch die weißen Bandagen um ihre Stirn sehen, die mich zuerst an hohes Alter hatten denken lassen.

Ich fragte, was ich ihrem Vater bestellen sollte.

„Nach dem Röntgen werden wir mehr wissen."

„Glauben Sie, es könnte ernst sein?"

Der junge Arzt sagte vorsichtig: „Wir müssen Schädelverletzungen grundsätzlich ernst nehmen."

„Soll ich mit dem Telephonieren bis nach dem Röntgen warten?"

„Ich glaube, da Dr. Fischer aus Genf kommen muß, sollten Sie ihn ohne Verzug informieren."

Die tiefere Bedeutung seines Rates wurde mir erst bewußt, als ich Dr. Fischers Telephonnummer wählte. Zuerst erkannte ich Alberts Stimme nicht, als er abhob.

Ich sagte: „Ich möchte Dr. Fischer sprechen."

„Wer, darf ich sagen, möchte ihn sprechen, Sir?" Das war seine servile Stimme, die ich noch nicht gehört hatte.

„Sagen Sie ihm, Mr. Jones — sein Schwiegersohn."

Sogleich wurde die Stimme die vertraute Albert-Stimme. „Ach so, Mr. Jones also? Der Herr Doktor ist beschäftigt."

„Das ist mir gleichgültig. Verbinden Sie mich."

„Er hat ausdrücklich gewünscht, daß ich ihn unter keinen Umständen stören darf."

„Es ist dringend. Tun Sie, was ich gesagt habe."

„Das kann mich meine Stelle kosten."

„Es wird Sie sogar bestimmt Ihre Stelle kosten, wenn Sie mich nicht augenblicklich verbinden."

Der Hörer blieb lange stumm, und dann kam die Stimme wieder — die Stimme des unverschämten Albert nicht die des servilen. „Dr. Fischer läßt bestellen, er ist jetzt zu beschäftigt, um mit Ihnen zu sprechen. Er darf nicht gestört werden. Er bereitet eine Abendgesellschaft vor."

„Aber ich muß ihn einfach sprechen."

„Er sagt, Sie mögen ihm schreiben, was Sie von ihm wollen."

Ehe ich noch Zeit zu einer Antwort hatte, wurde der Hörer aufgelegt.

Der junge Arzt war davongeeilt, während ich telephonierte. Nun kam er zurück. Er sagte: „Ich fürchte, Mr. Jones, wir müssen operieren — wir müssen sofort operieren. Im Wartezimmer sind eine Menge Ambulanzpatienten, aber im zweiten Stock gibt es ein leeres Zimmer, wo Sie sich ungestört aufhalten können. Ich komme zu Ihnen, sobald die Operation vorbei ist."

Als er die Tür zu dem leerstehenden Zimmer öffnete, erkannte ich es sofort als das Zimmer, in dem Herr Steiner gelegen hatte, oder glaubte wenigstens, es zu erkennen. Aber Krankenhauszimmer sehen alle gleich aus, wie Schlaftabletten. Das Fenster stand offen, und der Lärm und das Getöse der Autostraße drang herein.

„Soll ich das Fenster schließen?" fragte der junge Arzt. Nach seiner Besorgtheit zu schließen, hätte man meinen können, ich sei der Patient.

„Nein, nein, machen Sie sich keine Mühe. Mir ist frische Luft lieber." Aber was ich brauchte, war das Straßengeräusch. Nur wenn man glücklich ist oder ungestört, kann man Stille ertragen.

„Wenn Sie irgend etwas benötigen, läuten Sie einfach", und er zeigte mir die Glocke neben dem Bett. Eine Thermosflasche für Eiswasser stand auf dem Tisch, und er sah nach, ob sie voll war. „Ich bin bald wieder da", sagte er. „Versuchen Sie, sich nicht zu viel Sorgen zu machen. Wir haben schon schlimmere Fälle gehabt."

Ein Lehnsessel für Besucher stand da; ich setzte mich hinein und wünschte mir, Herr Steiner läge im Bett und ich könnte mit ihm reden. Selbst den alten Mann, der weder sprechen noch hören konnte, hätte ich der Stille vorgezogen. Etwas, was Herr Steiner gesagt hatte, fiel mir wieder ein. Von Anna-Luises Mutter hatte er gesagt: „Immer wieder habe ich versucht, eine Ähnlichkeit mit ihr an anderen Frauen zu entdecken, noch jahrelang nachdem sie gestorben war, bis ich es schließlich aufgab.“ Das Schreckliche an dieser Feststellung war das Wort „jahrelang“. Jahre, dachte ich, Jahre ... hält man denn das aus, Jahre? Alle paar Minuten schaute ich auf die Uhr ... zwei Minuten vergangen, drei Minuten, einmal hatte ich Glück und es waren viereinhalb Minuten. Ich dachte: Wird das immer so bleiben, so lange, bis ich sterbe?

Es klopfte an der Tür, und der junge Arzt trat ein. Er sah schüchtern und verlegen aus, und eine wilde Hoffnung packte mich: sie hatten einen Schnitzer gemacht, und die Verletzung war doch nicht gefährlich. Dann sagte er: „Es tut mir so leid. Ich muß Ihnen sagen ...“ Und nun sprudelte er heraus: „Wir hatten nicht viel Hoffnung. Sie hat überhaupt nicht gelitten. Ihre Frau ist in der Narkose gestorben.“

„Gestorben?“

„Ja.“

Alles, was ich zu sagen wußte, war: „Oh.“

Er fragte: „Wollen Sie sie sehen?“

„Nein.“

„Sollen wir ein Taxi für Sie rufen? Vielleicht können Sie morgen noch einmal ins Krankenhaus kommen. Um mit der Verwaltung zu sprechen. Sie müssen Papiere unterzeichnen. Das gibt immer so viel Papierkram."

Ich sagte: „Ich möchte lieber alles gleich jetzt erledigen. Wenn es Ihnen nichts ausmacht."

14

Ich schickte Dr. Fischer den verlangten Brief. Ich schrieb ihm die nüchternen Tatsachen vom Tod seiner Tochter und nannte Begräbniszeit und -ort. Wir hatten ja nicht die Jahreszeit für Heuschnupfen und deshalb durfte ich Tränen nicht erwarten, aber ich glaubte, daß er vielleicht doch zur Beerdigung kommen würde. Er tat es nicht, und niemand war Zeuge, als sie in Erde gebettet wurde, nur der anglikanische Padre, unsere Putzfrau, die zweimal wöchentlich saubermachte, und ich. Ich ließ sie im Saint-Martins-Friedhof bestatten, auf einem Stück Erde, das zu Gibraltar gehört (denn in der Schweiz untersteht die anglikanische Kirche der Diözese Gibraltar), weil sie ja irgendwo liegen mußte. Welche Religionszugehörigkeit Dr. Fischer für sich in Anspruch genommen hätte oder ihre Mutter, hatte ich keine Ahnung — noch, in welcher Kirche Anna-Luise getauft worden war —, es war uns nicht genug Zeit gegönnt, solche unwichtige Einzelheiten vom anderen zu erfahren. Mir als Engländer schien es am einfachsten, sie nach anglikanischem Ritus beisetzen zu lassen, da meines Wissens noch niemand Friedhöfe für Agnostiker eingerichtet hat. Die Mehrzahl der Schweizer im Kanton Genf ist protestantisch, und ihre Mutter war wohl auch auf einem protestantischen Friedhof beerdigt worden, aber protestantische Schweizer fühlen sich ihrem Glauben sehr innig verbunden — die anglikanische Kirche mit ihren vielen einander widersprechenden Glaubensmeinungen schien daher für unsere eigenen agnostischen Ansichten passender. Halb und halb erwartete ich, Monsieur Belmont diskret im Hintergrund des Friedhofs auftauchen zu sehen, so wie er bei unserer Hochzeit und noch einmal bei der Christmette aufgetaucht war, aber zu meiner Erleichterung blieb er unsichtbar. Es gab also auch niemanden, von dem ich mir Beileid wünschen lassen mußte. Ich war allein, ich konnte heimgehen in unsere Wohnung, und außer mit ihr zusammenzusein, durfte ich mir nichts besseres wünschen.

Was ich nach meiner Rückkehr tun wollte, hatte ich vorher beschlossen. Vor vielen Jahren hatte ich in einem Kriminalroman gelesen, daß es möglich war, sich umzubringen, indem man einen Viertelliter Schnaps auf einen Zug austrinkt. Soweit ich mich an den Roman erinnerte, forderte eine der Romangestalten eine andere heraus, einen Humpen zu leeren (der Schriftsteller hatte an der Universität Oxford studiert). Ich wollte ausschließen, daß etwas schiefging, und löste deshalb zwanzig Tabletten Aspirin in meinem Whisky auf — mehr hatte ich nicht daheim. Dann machte ich es mir in dem Lehnstuhl bequem, in dem Anna-Luise immer so gern gesessen hatte, und stellte das Glas in Reichweite auf den Tisch vor mich hin. Ich war im reinen mit mir, und ein sonderbares Gefühl, beinahe wie

Glück, bewegte mich. So wollte ich sitzen bleiben, Stunden, selbst Tage lang, das Glas mit dem Todeselixier vor Augen. Einige Körnchen Aspirin setzten sich auf dem Grund des Glases ab, und ich rührte sie mit dem Finger auf, bis sie sich lösten. Solange das Glas da stand, fühlte ich mich beschützt vor Einsamkeit und vor Kummer. Es war ein Gefühl wie die Erleichterung zwischen zwei Schmerzanfällen, und ich konnte diesen Zustand nach Belieben ausdehnen.

Dann läutete das Telephon. Eine Weile ließ ich es läuten, aber es störte den Frieden des Zimmers wie Hundegebell aus Nachbars Garten. Ich stand auf und ging ins Vorzimmer. Während ich den Hörer abhob, warf ich einen Blick zurück auf das Glas, zur Gewißheit, dieser Verheißung einer Zukunft ohne Dauer. Eine Frauenstimme sagte: „Mr. Jones, nicht wahr? Sie sind doch Mr. Jones?"

„Ja."

„Hier spricht Mrs. Montgomery." Die Kriechtiere hatten mich also doch noch aufgestöbert.

„Sind Sie noch dran, Mr. Jones?"

„Ja."

„Ich wollte nur sagen ... wir haben eben erst erfahren ... wie leid es uns allen tut ..."

„Danke", sagte ich und legte auf, aber bevor ich noch meinen Lehnstuhl erreicht hatte, läutete das Telephon schon wieder. Zögernd hob ich ab.

„Ja?" sagte ich. Ich fragte mich, wer es diesmal sein würde, doch es war immer noch Mrs. Montgomery. Wie lang diese Weiber brauchen, um sich zu verabschieden, selbst am Telephon.

„Mr. Jones, ich hatte keine Gelegenheit, mit Ihnen zu sprechen. Ich habe eine Nachricht für Sie, von Dr. Fischer. Er möchte Sie sehen."

„Er hätte mich sehen können. Er hätte nur zur Beerdigung seiner Tochter zu kommen brauchen."

„Oh, aber das hatte Gründe ... Sie sollten ihm das nicht vorwerfen ... er wird es Ihnen erklären ... er möchte, daß Sie ihn morgen besuchen ... am Nachmittag, wann Sie wollen ..."

„Warum ruft er nicht selbst an?"

„Er kann es nicht ausstehen zu telephonieren. Sonst tut es immer Albert für ihn ... oder einer von uns, wenn wir in der Nähe sind."

„Warum schreibt er dann nicht?"

„Mr. Kips ist zur Zeit nicht da."

„Muß Mr. Kips seine Briefe schreiben?"

„Seine Geschäftsbriefe, ja."

„Ich habe keine Geschäfte mit Dr. Fischer."

„Irgend etwas mit einem Treuhandgeschäft hat es zu tun, glaube ich. Sie gehen doch hin, nicht?"

„Richten Sie ihm aus", sagte ich, „richten Sie ihm aus ... ich will es mir überlegen."

Ich hängte ein. Er würde nun zumindest den ganzen nächsten Nachmittag lang grübeln, aber ich hatte nicht die Absicht hinzugehen. Ich wünschte mir das eine: zurückzukehren zu meinem Stuhl und dem Viertelliterglas puren Whisky. Wieder hatte das Aspirin ein wenig Bodensatz gebildet, und ich rührte mit dem Finger um, aber das Gefühl von Glück war verflogen. Ich war nicht mehr allein. Dr. Fischers Gegenwart durchdrang mein Zimmer wie Rauch. Es gab einen einzigen Weg, ihn loszuwerden, und ich leerte das Glas auf einen Zug.

Dem Kriminalroman zufolge hätte ich erwartet, daß mein Herz so plötzlich zu schlagen aufhören würde wie eine angehaltene Pendeluhr, aber ich entdeckte, daß ich immer noch am Leben war. Heute glaube ich, daß das Aspirin mein Fehler war — zwei Gifte können einander in ihrer Wirkung aufheben. Ich hätte dem Romanschreiber vertrauen sollen: man sagt ja, solche Leute treiben gründliche Forschungsarbeit über medizinische Details, und dann war auch, wenn ich mich recht erinnere, die Romangestalt schon halb betrunken, als sie den Humpen leerte, während ich selbst stocknüchtern gewesen war. So passiert es eben, daß man oft den eigenen Tod verpfuscht.

Ich war nicht einmal einen Augenblick schläfrig. Ich behielt einen klareren Kopf als gewöhnlich, wie es einem eben vorkommt, wenn man ein bißchen betrunken ist, und in meiner zeitweiligen Klarheit dachte ich nach: Treuhand, Treuhand, bis mir plötzlich der Grund von Dr. Fischers Botschaft einfiel. Anna-Luises Vermögen, besann ich mich, wurde irgendwie treuhänderisch verwaltet: sie selbst erhielt nur die Einkünfte daraus. Ich hatte keine Ahnung, wem das Vermögen jetzt zufallen würde, und ich dachte haßerfüllt: er kommt nicht zu ihrem Begräbnis, aber er überlegt schon die finanziellen Folgen. Vielleicht bekommt er das Geld — das Blutgeld. Ihr weißer Weihnachtspullover fiel mir ein, getränkt von ihrem Blut. Er ist genauso gierig wie die Kriechtiere, dachte ich. Er ist selbst ein Kriechtier — das größte von allen. Und dann auf einmal, genauso wie ich mir den Tod ausgemalt hatte, überfiel mich der Schlaf.

15

Als ich erwachte, glaubte ich, daß ich vielleicht eine oder zwei Stunden geschlafen hatte. Mein Kopf war ganz klar, aber als ich auf die Uhr sah, schien es mir, daß die Zeiger sich rätselhafterweise in die Gegenrichtung bewegt hatten. Ich blickte aus dem Fenster, doch der graue Schnee verriet nichts — er sah genauso aus, wie er ausgesehen hatte, bevor ich einschlief. Ein Morgenhimmel, ein Abendhimmel, ganz nach Belieben. Es dauerte eine ganze Weile, ehe ich begriff, daß ich volle achtzehn Stunden geschlafen hatte, und dann bewirkten der Lehnstuhl, in dem ich saß, und das leere Glas, daß es mir wiederum einfiel: Anna-Luise war tot. Das Glas war wie ein leergeschossener Revolver oder wie ein Messer, dessen Klinge nutzlos an einem Brustbein zerbrochen war. Ich mußte mich neuerlich auf die Suche begeben, eine andere Todesart für mich finden.

Dann erinnerte ich mich an den Anruf und Dr. Fischers Sorge wegen des Treuhandverhältnisses. Ich war krank vor Kummer, und einem kranken Menschen kann man doch wohl seine krankhaften Einfälle nicht übelnehmen. Ich wollte Fischer, der Anna-Luises Mutter getötet und Steiner ruiniert hatte, demütigen. Ich wollte seinen Hochmut zu Fall bringen. Ich wünschte, er sollte leiden, wie ich litt.

Ich wollte hingehen, wie er es verlangt hatte.

Ich lieh mir einen Wagen in der Garage und fuhr nach Versoix. Daß mein Kopf nicht ganz so klar war, wie ich geglaubt hatte, sah ich jetzt ein. Auf der Autobahn prallte ich fast gegen das Heck eines Lastwagens, der in eine Ausfahrt abbog, und mir dämmerte, daß diese Art zu sterben genauso brauchbar gewesen wäre wie der Whisky — aber andererseits mochte diese Methode noch schlimmer scheitern. Wie, wenn man mich als Krüppel aus dem Autowrack zerrte, unfähig, die eigene Zerstörung zu vollenden? Danach fuhr ich vorsichtiger, aber meine Gedanken wanderten — zu dem fernen Fleckchen Rot, das ich beobachtet hatte, wie es am Schilift höher und höher glitt, der *piste rouge* entgegen, und zu dem rotgetränkten Sweater auf der Bahre und dem Kopfverband, den ich für das weiße Haar einer Fremden gehalten hatte. Beinahe verpaßte ich die Ausfahrt nach Versoix.

Das große weiße Haus stand wuchtig auf der Anhöhe über dem See wie ein Pharaonengrabmal. Im Vergleich dazu wirkte mein Auto winzig, und die Glocke bimmelte lächerlich in der Tiefe der gewaltigen Gruft. Albert öffnete die Tür. Aus irgendwelchen Gründen war er schwarz gekleidet. Ließ Dr. Fischer seinen Diener stellvertretend Trauer tragen? Der schwarze Anzug tat seiner Laune offenbar gut. Er gab nicht vor, mich nicht zu kennen. Er rümpfte nicht die Nase über mich, sondern geleitete mich unverzüglich über die breite Marmortreppe in das obere Stockwerk.

Dr. Fischer war nicht in Trauerkleidung. Er saß, wie bei unserer ersten Begegnung, hinter seinem Schreibtisch (der beinahe leer war, bis auf ein einzelnes, überdimensioniertes, offenbar kostspieliges Knallbonbon in scharlachrot-goldener Glanzpapierverpackung), und er sagte wie damals: „Setzen Sie sich, Jones." Dann herrschte ein langes Schweigen. Dieses eine Mal schien es, verschlug es ihm die Rede. Ich sah auf das Knallbonbon, und er nahm es in die Hand, legte es dann wieder hin, und keiner unterbrach die lastende Stille, so lange, bis ich mich schließlich doch entschloß, etwas zu sagen. Ich machte ihm Vorwürfe. „Sie sind nicht einmal zum Begräbnis Ihrer eigenen Tochter gekommen."

Er sagte: „Sie hatte zuviel von ihrer Mutter." Nach einer kurzen Pause: „Sie sah sogar genau wie sie aus, als sie heranwuchs."

„Das hat Herr Steiner auch gesagt."

„Steiner?"

„Steiner."

„So! Dann lebt dieses Kerlchen also immer noch?"

„Ja. Wenigstens lebte er noch vor ein paar Wochen."

„Einer Wanze kann man schwer den Garaus machen", sagte er. „Sie verkriechen sich in den Ritzen im Holz, wo man sie mit dem Fingernagel nicht erreicht."

„Ihre Tochter hat Ihnen nie etwas zuleide getan."

„Sie glich ganz ihrer Mutter. Charakterlich wie auch äußerlich. Sie hätte Ihnen genauso viel Leid zugefügt, wenn ihr dazu Zeit geblieben wäre. Ich frage mich, was für ein Steiner in ihrem Fall aus dem Gebälk hervorgekrochen wäre. Vielleicht der Mann von der Müllabfuhr. Die demütigen andere Menschen gern."

„Haben Sie mich herbestellt, um mir das mitzuteilen? War das der Grund?"

„Nicht der einzige, aber mit ein Grund war es schon. Seit der letzten Party werde ich den Gedanken nicht los, daß ich in Ihrer Schuld stehe, Jones, und ich gehöre nicht zu den Leuten, die anderen etwas schuldig bleiben. Sie haben sich besser betragen als die anderen."

„Als die Kriechtiere, meinen Sie?"

„Kriechtiere?"

„So nannte Anna-Luise Ihre Freunde."

„Ich habe keine Freunde", sagte er mit genau denselben Worten wie sein Diener Albert. Er fügte hinzu: „Diese Leute sind Bekannte. Bekannten entgeht man nicht. Sie dürfen nicht glauben, daß ich solche Leute verabscheue. Ich verabscheue sie nicht. Man verabscheut ebenbürtige Menschen. Die da, die verachte ich."

„So wie ich Sie verachte?"

„Aber das tun Sie ja gar nicht, Jones, das tun Sie nicht. Sie drücken sich nur ungenau aus. Sie verachten mich nicht. Sie hassen mich, oder besser gesagt, Sie glauben das zu tun."

„Ich weiß, daß ich Sie hasse."

Meine Versicherung löste bei ihm das leise Lächeln aus, von dem Anna-Luise erzählt hatte, es bedeute Gefahr. In diesem Lächeln lag eine unendliche Gleichgültigkeit. Es war die Art Lächeln, wie es ein Bildhauer in ketzerischer Verwegenheit in das ausdruckslose, unerschütterliche Gesicht Buddhas schnitt. „So, so, Jones haßt mich“, sagte er, „das ist ja eine besondere Ehre. Sie und ich, wir rechnen mit einem Steiner. Und sozusagen aus demselben Grund. In einem Fall meiner Frau wegen, im anderen meiner Tochter wegen.“

„Sie vergeben niemals, nicht wahr, nicht einmal den Toten?“

„Ach, Vergebung, Jones. Das ist ein christlicher Terminus. Sind Sie ein Christ, Jones?“

„Das weiß ich nicht. Ich weiß nur eines, ich habe noch nie einen Menschen so verabscheut, wie ich Sie verabscheue.“

„Schon wieder verwenden Sie die falsche Bezeichnung. Semantik ist wichtig, Jones. Ich sage Ihnen doch, Sie hassen, Sie verabscheuen mich nicht. Abscheu entsteht aus einer großen Enttäuschung. Die meisten Menschen sind einer großen Enttäuschung nicht fähig, und ich bezweifle, daß Sie es wären. Ihre Erwartungen reichen dafür nicht aus. Wenn man jemanden verabscheut, Jones, dann ist das wie eine tiefe, eine unheilbare Wunde, der Anfang des Todes. Und man muß für diese Wunde Rache nehmen, ehe es zu spät ist. Wenn derjenige, der sie zugefügt hat, gestorben ist, dann schlägt man gegen die Übriggebliebenen. Glaubte ich an Gott, vielleicht würde ich dann an ihm Rache nehmen, dafür, daß er mir die Fähigkeit eingepflanzt hat, enttäuscht zu werden. Übrigens frage ich mich —

und das ist eine philosophische Frage —, wie man sich wohl an Gott rächen würde. Vermutlich würden Christen sagen, indem man seinem Sohn Schmerz zufügt."

„Vielleicht haben sie recht, Fischer. Vielleicht sollte ich Sie nicht einmal hassen. Ich glaube, Sie sind wahnsinnig."

„Nein, nein, nicht wahnsinnig", sagte er mit diesem leisen Lächeln, dessen unbeschreibliche Überheblichkeit so unerträglich war. „Sie zeichnen sich nicht durch große Intelligenz aus, Jones, sonst würden Sie in Ihrem Alter nicht für Ihren Lebensunterhalt Briefe über Schokoladenbonbons übersetzen. Aber manchmal verspüre ich ein Gelüst, mich auf etwas höherem Niveau zu unterhalten als dem, über das mein Gesprächspartner verfügt. Es überfällt mich ganz plötzlich, selbst wenn ich mit einem meiner — wie nannte sie meine Tochter? — Kriechtiere rede. Es amüsiert mich, zu sehen, wie sie reagieren. Keiner von ihnen würde es wagen, mich wahnsinnig zu nennen, wie Sie es getan haben. Sie könnten sich ja dadurch um eine Einladung zu meiner nächsten Party bringen."

„Und müßten auf einen Teller Porridge verzichten?"

„Nein, müßten auf ein Geschenk verzichten, Jones. Sie ertragen den Gedanken nicht, auf ein Geschenk zu verzichten. Mrs. Montgomery gibt vor, mich zu verstehen. ‚Oh, wie recht Sie haben, Doktor Fischer', sagt sie. Deane wird wütend — er erträgt nichts, was über seinen Verstand geht. Deshalb behauptet er sogar, daß auch König Lear einen Haufen Unsinn redet, weil er weiß, daß er unfähig ist, ihn zu spielen, selbst im Fernsehen. Belmont hört aufmerksam zu und wechselt das Gesprächsthema. Die Einkommensteuergesetze haben ihn gelehrt, sein Heil in Ausflüchten zu suchen. Und der Divisionär ... bei ihm habe ich nur einmal über die Stränge geschlagen, als ich die Dummheit dieses alten Narren nicht mehr ertragen konnte. Das löste bei ihm nur ein barsches Gelächter aus und die Worte ‚Weiter marschieren, im Donner der Kanonen'. Selbstverständlich hat er noch nie Kanonendonner gehört, höchstens Gewehrgeknatter am Schießplatz. Kips ist der beste Zuhörer ... ich glaube, er hofft immerzu, in dem, was ich sage, könnte ein Körnchen Vernunft stecken, und das würde er sich nutzbar machen. Ach, dieser Kips ... das bringt mich wieder darauf, weshalb ich Sie herkommen ließ. Die Treuhandschaft."

„Was ist mit der Treuhandschaft?"

„Sie wissen — oder vielleicht wissen Sie es auch nicht —, daß meine Frau die Einkünfte aus ihrem kleinen Vermögen ihrer Tochter hinterlassen hat, aber nur auf Lebenszeit. Danach fällt das Vermögen ihren Kindern zu, falls sie welche hat, doch da sie kinderlos gestorben ist, geht es wieder auf mich über. ‚Um darzutun, daß sie verziehen hat', steht unverschämterweise im Testament. Als ob mich ihr Verzeihen einen Deut scheren würde. Verzeihen, ja was denn? Würde ich das Geld annehmen, sähe das ja wirklich so aus, als würde ich mir ihr Verzeihen gefallen lassen — das Verzeihen einer Frau, die mich mit einem Schreiberling aus Mr. Kips' Büro betrogen hat."

„Sind Sie sicher, daß sie mit ihm geschlafen hat?"

„Geschlafen mit ihm? Sie hat vielleicht gedöst mit ihm, bei dem Gejaule einer Schallplatte. Sollten Sie aber meinen, hat sie koitiert mit ihm, nein, da bin ich mir nicht sicher. Möglich ist es schon, aber sicher bin ich mir nicht. Es hätte mir auch nicht viel ausgemacht, wenn sie es getrieben hätten. Eine tierische Regung. Darüber wäre ich hinweggegangen, aber sie zog meiner Gesellschaft die seine vor. Die eines Schreiberlings bei Mr. Kips, der ein lächerliches Gehalt bezog."

„Es ist alles eine Frage von Geld, nicht wahr, Dr. Fischer? Er war nicht reich genug, Ihnen Hörner aufzusetzen."

„Geld macht wohl einen Unterschied, gewiß. Es gibt sogar Menschen, Jones, die sind bereit, dafür in den Tod zu gehen. Um der Liebe willen stirbt man nicht, außer in Romanen."

Mir fiel ein, daß ich genau das versucht hatte, doch ich war gescheitert, und hatte ich den Versuch aus Liebe unternommen oder aus Furcht vor einem unabänderlichen Verlust?

Ich hörte ihm gar nicht mehr zu, und meine Aufmerksamkeit erwachte erst wieder in dem Augenblick, als er zum Abschluß sagte: „Und deshalb also gehört das Geld Ihnen, Jones."

„Welches Geld?"

„Das Geld aus der Treuhandschaft, natürlich."

„Ich brauche es nicht. Wir beide haben von dem gelebt, was ich verdiene. Und nur davon."

„Das überrascht mich. Ich hätte gedacht, Sie hätten zumindest das bißchen Geld von Ihrer Mutter genossen, solange das möglich war."

„Nein, wir haben es nicht berührt. Dem Kind zuliebe, das wir haben wollten." Ich fügte hinzu: „Sobald die Schisaison vorüber war", und sah durchs Fenster, wie draußen die Schneeflocken unaufhörlich sachte zu Boden schwebten, als hätte die Welt mit einemmal aufgehört, sich zu drehen, und läge nun still im Zentrum eines Blizzards.

Wieder versäumte ich, was er gesagt hatte, und hörte nur die abschließenden Sätze. „Das soll die letzte Party sein, die ich gebe. Die äußerste Prüfung."

„Sie geben wieder eine Party?"

„Meine letzte Party, und ich möchte, daß Sie dabei sind, Jones. Ich bin Ihnen etwas schuldig, wie ich schon sagte. Sie haben sie bei der Porridge-Party mehr gedemütigt, als es mir bisher je geglückt ist. Sie haben nichts gegessen. Sie haben auf Ihr Geschenk verzichtet. Sie waren ein Außenseiter, und Sie haben sie bloßgestellt. Wie sehr sie Sie dafür haßten! Ich habe das schamlos genossen."

„Ich bin ihnen in Saint Maurice noch einmal begegnet, nach der Christmette. Sie schienen mir nicht zu grollen. Belmont gab mir sogar eine Weihnachtskarte."

„Natürlich. Hätten sie ihre Gefühle gezeigt, wäre das eine weitere Demütigung. Sie müssen eine Rechtfertigung für Ihr Verhalten finden. Wissen Sie, was der Divisionär mir eine Woche später sagte (wahrscheinlich war es Mrs. Montgomerys Idee): ‚Sie sind ein bißchen hart mit Ihrem Schwiegersohn umgesprungen. Ihm sein Geschenk zu verweigern, dem armen Teufel. Es war doch nicht seine Schuld, daß er an diesem Abend so starkes Bauchweh hatte. Jedem von uns hätte das genauso passieren können. Mir war auch ein wenig übel damals, aber ich wollte Ihnen nicht den Spaß verderben.‘ “

„Mich werden Sie bei Ihren Partys nicht mehr sehen.“

„Diese Party wird eine sehr ernste Sache, Jones. Keine Frivolitäten, ich verspreche es. Und es gibt auch ein vorzügliches Essen, das verspreche ich auch.“

„Ich bin nicht gerade in Stimmung für Festessen.“

„Ich sage Ihnen, diese Party wird die äußerste Prüfung, wie weit ihre Gier geht. Sie selbst haben Mrs. Montgomery vorgeschlagen, ich sollte ihnen Schecks geben, und Schecks sollen sie bekommen.“

„Sie sagte mir, Schecks würden sie niemals annehmen.“

„Wir werden ja sehen, Jones, wir werden sehen. Es sollen sehr, sehr hohe Schecks sein. Ich möchte Sie dabeihaben, als Zeugen, wie weit die Herrschaften gehen.“

„Wie weit sie gehen?“

„Ja, aus Gier, Jones. Der Gier der Reichen, die Sie wohl kaum je kennenlernen werden.“

„Sie sind doch selber auch reich.“

„Ja, aber meine Gier — ich habe es Ihnen schon einmal erklärt — ist von anderer Art. Ich will ..." Er hob das Knallbonbon hoch, etwa so wie der Priester bei der Mitternachtsmesse die Hostie hochgehoben hatte, ganz als beabsichtige er, eine Feststellung von großer Tragweite einem Jünger zu erläutern — „Das ist mein Leib". Er wiederholte „Ich will ..." und ließ den Knaller wieder sinken.

„Was wollen Sie, Dr. Fischer?"

„Sie sind nicht intelligent genug, es zu begreifen, selbst wenn ich es Ihnen erkläre."

In dieser Nacht träumte ich zum zweitenmal von Dr. Fischer. Ich hatte geglaubt, ich würde nicht schlafen können, aber vielleicht trug die Kälte während der langen Autofahrt von Genf dazu bei, die Schlaflosigkeit zu vertreiben. Und vielleicht auch hatte mich das Wortgefecht mit Dr. Fischer vorübergehend vergessen lassen, wie sinnlos mein Leben geworden war. Ich schlummerte ein wie tags zuvor, ganz plötzlich, in meinem Stuhl sitzend, und ich sah Dr. Fischer, das Gesicht weiß bemalt wie ein Clown und mit aufgezwirbeltem Schnurrbart wie Kaiser Wilhelm. Er jonglierte mit Eiern, und kein einziges zerbrach. Immer neue zog er hervor, aus dem Ellbogen, aus dem Arsch, aus der Luft — er schuf Eier, und zuletzt waren es Hunderte, die durch die Luft wirbelten. Seine Hände bewegten sich zwischen ihnen wie Vögel, und dann klatschte er in die Hände, die Eier fielen zu Boden und explodierten. Ich erwachte. Am nächsten Morgen lag in meinem Briefkasten eine Einladung: „Dr. Fischer bittet Sie zur Abschluß-Party." Sie sollte in einer Woche stattfinden.

Ich ging in mein Büro. Die Kollegen waren überrascht, mich wiederzusehen, aber was sollte ich sonst tun? Mein Versuch zu sterben war mißglückt. Kein Arzt hätte mir in dem Zustand, in dem ich mich befand, Stärkeres verschrieben als ein Beruhigungsmittel. Wenn ich soviel Mut aufbrachte, konnte ich ins Dachgeschoß des Bürogebäudes hinaufgehen und mich aus dem Fenster stürzen — falls irgendein Fenster dort sich öffnen ließ, was ich bezweifelte —, aber ich hatte diesen Mut nicht. Ein „Unfall" mit meinem Auto ließ vielleicht auch andere Menschen zu Schaden kommen, und außerdem war es nicht sicher, daß ich dabei ums Leben kam. Eine Pistole besaß ich nicht. An alle diese Dinge dachte ich viel mehr als an den Brief, den ich dem spanischen Süßwarenerzeuger schreiben mußte, weil ihn die Vorlieben der Basken hinsichtlich des Geschmacks von Likörbonbons immer noch plagten. Nach dem Büro tötete ich mich nicht, sondern ging in das erstbeste Kino auf meinem Heimweg und sah mir eine Stunde lang einen pornographischen Film an. Die Verschlingungen der nackten Körper erweckten in mir keinerlei sexuelle Erregung: sie waren wie prähistorische Zeichnungen an einer Höhlenwand — Mitteilungen aus einem unbekannten Drehbuch über Menschen, von denen ich nichts wußte. Als ich hinausging, dachte ich: man muß wohl irgend etwas essen, und ich trat in ein Kaffeehaus, wo ich eine Tasse Tee und ein Stück Kuchen zu mir nahm. Nach beendeter Mahlzeit dachte ich: warum habe ich etwas gegessen? Ich muß ja nicht essen. Auch das ist ein Weg zu sterben, Verhungern, aber mir fiel der Bürgermeister von Cork ein, der es länger als fünfzig Tage ausgehalten hatte, oder nicht? Ich bat die Kellnerin um ein Blatt Papier und schrieb darauf „Alfred Jones nimmt Dr. Fischers Einladung an", und steckte es in die Tasche, um mich vor einem Sinneswandel zu bewahren. Am nächsten Tag beförderte ich den Brief zur Post, beinahe ohne noch darüber nachzudenken.

Warum nur hatte ich die Einladung angenommen? Ich weiß es selber nicht. Vielleicht hätte ich jede Aufforderung angenommen, die mir half, eine oder zwei Stunden meinen Gedanken zu entfliehen — Gedanken, die in der Hauptsache darin bestanden, wie ich ohne allzu große Schmerzen für mich sterben konnte und ohne allzu große Unannehmlichkeiten für andere. Ertrinken zum Beispiel: ein paar Schritte die Straße hinunter lag das Ufer des Genfer Sees — das eisige Wasser hätte wohl bald über den unbewußten Drang zu Schwimmbewegungen die Oberhand behalten. Aber es fehlte mir an Mut — Tod durch Ertrinken hatte mir schon als Kind krankhafte Angst eingejagt, seit ich von einem jungen Botschaftssekretär auf der tiefen Seite ins Wasser einer *piscine* gestoßen worden war. Außerdem, mein Leichnam würde die Fische krank machen. Leuchtgas fiel mir ein, aber in meiner Wohnung war alles elektrisch. Natürlich gab es noch die Auspuffgase meines Wagens — diese Idee hob ich mir zum Schluß auf, denn schließlich war Verhungern vielleicht doch die passendste Antwort für mein Problem, ein sauberer, diskreter und sehr privater Ausweg: außerdem war ich älter und wahrscheinlich weniger widerstandsfähig als der Bürgermeister von Cork. Ich setzte den Tag fest, an dem ich damit beginnen wollte — am Tag nach Dr. Fischers Fest.

16

Dank einer Ironie des Zufalls wurde ich auf der Autobahn durch einen Unfall aufgehalten: ein Wagen war auf einem vereisten Straßenstück vor einen Transporter geschleudert worden. Die Polizei war da und ein Krankenwagen, und aus dem Wrack des Autos wurde etwas mithilfe eines Schweißgerätes entfernt. Der Lichtbogen war so hell in der Dunkelheit, daß die Nacht doppelt so schwarz schien, nachdem ich vorübergefahren war. Albert stand schon an der offenen Tür, als ich ankam. Seine Manieren hatten sich deutlich gebessert (vielleicht akzeptierte er mich als eines der Kriechtiere), denn er kam nun die Freitreppe herab, um mich zu begrüßen, öffnete den Wagenschlag, und zum erstenmal gestand er ein, daß er meinen Namen behalten hatte. „Guten Abend, Mr. Jones, Herr Doktor Fischer empfiehlt, den Mantel anzubehalten. Das Abendessen wird auf dem Rasen serviert."

„Auf dem Rasen?" rief ich. Der nächtliche Himmel war klar: die Sterne glitzerten so hell wie Eiskristalle und die Temperatur lag unter dem Gefrierpunkt.

„Ich glaube, Sie werden es warm genug finden, Sir."

Er führte mich durch die Halle, wo ich zuerst

Mrs. Montgomery getroffen hatte, und dann durch ein zweites Zimmer, dessen Wände in kostbares Kalbsleder gebundene Bücher bedeckten — wahrscheinlich waren sie als Gesamtausgaben angeschafft worden („Die Bibliothek, Sir"). Es wäre wohl billiger gekommen, dachte ich, wenn man falsche Buchrücken verwendet hätte, denn der Raum wirkte unbenutzt. Glastüren führten auf die große Rasenfläche, die sanft gegen den unsichtbaren See hin abfiel, und einen Augenblick lang war ich durch einen grellen Lichtschein völlig geblendet. Über den schneebedeckten Rasen hinweg drang das Prasseln von vier riesigen Scheiterhaufen, und in allen Zweigen der Bäume hingen brennende Glühlampen.

„Also, ist das nicht wundervoll und verrückt und herrlich?" rief Mrs. Montgomery, die von der Grenze zwischen Hell und Dunkel auf mich zuging, um ganz wie eine selbstsichere Gastgeberin einen schüchternen Besucher zu begrüßen. „Es sieht doch wie im Feenreich aus, nicht? Sie brauchen wahrscheinlich nicht einmal Ihren Mantel, Mr. Jones. Wir sind alle so froh, Sie wieder unter uns zu sehen. Wir haben Sie schon sehr vermißt." „Wir" und „uns" — so sah ich sie jetzt, nachdem die Blendung dem Feuerschein gewichen war; die Kriechtiere waren alle versammelt, sie umstanden einen Tisch, der in der Mitte zwischen den Scheiterhaufen gedeckt war; die Kristallgläser glitzerten im wechselnden Spiel der Flammen. Die Stimmung unterschied sich völlig von derjenigen, die ich von der Porridge-Party in Erinnerung hatte.

„Welch ein Jammer, daß das die allerletzte Party sein soll“, zirpte Mrs. Montgomery, „aber Sie werden schon sehen, daß er uns ein wirklich unvergeßliches Abschiedsfest bereitet. Ich habe selbst bei der Zusammenstellung des Essens geholfen. Kein Porridge!“

Albert stand plötzlich neben mir. Er trug ein Tablett mit verschiedenen Gläsern, die Whisky, trockene Martinis und Alexander-Cocktails enthielten. „Ich bin ein Alexander-Mädchen“, sagte Mrs. Montgomery. „Das ist schon mein dritter. Wie lächerlich, daß die Leute behaupten, Cocktails verderben die Freude am Essen. Ich finde immer, daß einem nichts so die Freude an Essen verdirbt, als wenn man nicht hungrig ist.“

Nun trat Richard Deane aus dem Schatten, eine in Gold geprägte Speisekarte unter dem Arm. Es ließ sich nicht übersehen, er hatte schon einiges hinter der Binde, und dort, nicht weit von ihm, zwischen zwei Scheiterhaufen, war auch Mr. Kips, der tatsächlich zu lachen schien: ganz sicher konnte man allerdings nicht sein, weil die gebeugte Haltung seinen Mund verbarg, aber seine Schultern zuckten jedenfalls. „Das ist was besseres als Porridge“, sagte Deane, „was für ein Jammer, daß das die letzte Party ist. Glauben Sie, daß dem Alten das Geld ausgegangen ist?“

„Nein, nein“, rief Mrs. Montgomery. „Er hat immer schon gesagt, eines Tages gibt er die letzte und die beste und die aufregendste Party von allen. Ich stelle mir vor, er hat nicht das Herz, noch weiter zu feiern. Nach allem, was geschehen ist. Seine arme Tochter ..."

„Hat er ein Herz?" fragte ich.

„Ach, Sie kennen ihn nicht so gut, wie wir ihn kennen. Seine Freigebigkeit ..." Mit einer automatischen Reflexbewegung, wie ein Pawlowscher Hund, nestelte sie an dem Smaragd, der von ihrer Kehle baumelte.

„Trinken Sie aus, und nehmen Sie Platz."

Das war Dr. Fischers Stimme, die von einem dunklen Winkel des Gartens aus unsere Aufmerksamkeit auf sich zog. Bis zu diesem Augenblick hatte ich nicht bemerkt, wo er sich aufhielt. Er stand in einer Entfernung von vielleicht zwanzig Metern über ein Faß gebeugt, und ich sah, daß seine Hände sich darin hin und her bewegten, als wasche er sie.

„Sehen Sie sich doch diesen lieben Menschen an", sagte Mrs. Montgomery. „Er nimmt solchen Anteil an jeder Kleinigkeit."

„Was tut er denn da?"

„Er versteckt die Knallbonbons im Kleie-Fäßchen."

„Warum werden sie nicht als Tischdekoration verwendet?"

„Er mag es nicht, daß die Leute sie während des Essens knallen lassen, um zu sehen, was drin versteckt ist. Ich selbst habe ihm von dem Kleie-Fäßchen erzählt. Man glaubt nicht, er hatte noch nie von so etwas gehört. Ich glaube, seine Kindheit kann nicht sehr glücklich gewesen sein, was meinen Sie? Aber die Idee hat ihm sofort gefallen. Verstehen Sie, er hat die Geschenke in die Knaller gepackt und die Knaller in das Kleie-Fäßchen, und wir müssen jeder einen ziehen wie ein Los, mit geschlossenen Augen."

„Und wenn Sie dann einen goldenen Zigarrenabschneider ziehen?"

„Unmöglich. Diese Geschenke sind so ausgewählt, daß sie jeder gleich gut brauchen kann."

„Was gibt's schon auf der Welt, was möglicherweise jeder gleich gut brauchen kann?"

„Warten Sie es nur ab, warten Sie nur. Er wird es uns schon sagen. Sie können sich auf ihn verlassen. In einer rauhen Schale steckt ein sehr einfühlsamer Mensch."

Wir setzten uns zu Tisch. Diesmal saß ich zwischen Mrs. Montgomery und Richard Deane, mir gegenüber befanden sich Belmont und Mr. Kips. Der Divisionär saß am Fußende der Tafel, unserem Gastgeber vis-à-vis. Die Gläser vor jedem Platz standen in eindrucksvoller Schlachtordnung, und der Speisekarte entnahm ich, daß es einen 1971er Meursault, einen 1969er Mouton Rothschild und einen Cockburn Port gab, dessen Jahrgang ich vergessen habe. Wenigstens kann ich mich, dachte ich, dußlig trinken, ohne zum Aspirin zu greifen. Die Flasche Finnischer Wodka, der zum Kaviar serviert wurde (diesmal wurde uns allen Kaviar angeboten), stand in einem massiven Eisblock, in den die Blüten von Glashausblumen eingefroren waren. Ich zog meinen Mantel aus und hängte ihn über die Rückenlehne meines Stuhls, um mich vor der Hitze des

Scheiterhaufens hinter mir zu schützen. Zwei Gärtner kreuzten wie Schildwachen aber lautlos hin und her, das Geräusch ihrer Schritte schluckte der dicke weiße Teppich aus Schnee, und fütterten das Feuer mit Holzscheiten. Es war eine seltsam unnatürliche Szene — so viel Hitze und so viel Schnee, und der Schnee unter unseren Sesseln begann bereits dank der Glut der Scheiterhaufen zu schmelzen. Bald, dachte ich, werden wir hier sitzen mit den Füßen im Matsch.

Der Kaviar wurde uns in einer großen Schale zweimal gereicht, und alle, bis auf mich und Dr. Fischer, nahmen ein zweitesmal. „Er ist ja so gesund", erklärte Mrs. Montgomery. „Voll Vitamin C."

„Ich kann Finnischen Wodka guten Gewissens trinken", teilte uns Belmont mit, der sich das dritte Glas einschenken ließ.

„Die Finnen haben einen bemerkenswerten Feldzug geführt, im Winter 1939", sagte der Divisionär. „Wenn sich die Franzosen 1940 auch so bewährt hätten . . ."

Richard Deane fragte mich „Haben Sie mich zufällig in ‚*Dünkirchen*' gesehen?"

„Nein. Ich war nie in Dünkirchen."

„Ich meine den Film ‚*Dünkirchen*'."

„Nein. Tut mir leid, habe ich nicht gesehen. Warum fragen Sie?"

„Das ist mir gerade so eingefallen. Ich glaube, es war der weitaus beste Film, den ich je gemacht habe."

Zum Mouton Rothschild gab es *rôti de boeuf*.

Der Koch hatte es in einem ganz leichten Blätterteig gebraten, der den Saft im Fleisch hielt. Eine köstliche Speise, gewiß, aber von dem Anblick des roten Blutes wurde mir einen Augenblick übel — ich sah mich wieder bei der Talstation des Schilifts. „Albert“, sagte Dr. Fischer, „Sie müssen das Fleisch für Mr. Jones schneiden. Er hat eine verkrüppelte Hand.“

„Der arme Mr. Jones“, sagte Mrs. Montgomery. „Lassen Sie mich das besorgen. Haben Sie es gern klein geschnitten?“

„Mitleid, immer wieder Mitleid“, sagte der Doktor. „Sie sollten die Bibel umschreiben. ‚Bemitleide deinen Nächsten wie dich selbst‘: Frauen haben so einen übertriebenen Sinn für Mitleid. Meine Tochter geriet darin ganz ihrer Mutter nach. Vielleicht heiratete sie Sie aus Mitleid, Jones. Ich bin überzeugt, Mrs. Montgomery würde Sie heiraten, wenn Sie sie darum ersuchen. Aber Mitleid nützt sich rasch ab, wenn der Gegenstand des Mitleids einem aus den Augen kommt.“

„Welches Gefühl nützt sich nicht ab?“ fragte Deane.

„Liebe“, erwiderte Mrs. Montgomery ohne Zögern.

„Ich habe noch nie länger als drei Monate mit ein und derselben Frau geschlafen“, sagte Deane. „Danach wird's zur Plage.“

„Das ist dann nicht die wahre Liebe.“

„Wie lange waren Sie verheiratet, Mrs. Montgomery?“

„Zwanzig Jahre."

„Ich muß Ihnen aber erklären, Deane", sagte Dr. Fischer, „daß Mr. Montgomery ein sehr reicher Mann war. Ein großes Bankkonto hilft wahre Liebe länger zu erhalten. Aber Sie essen ja nicht, Jones. Finden Sie das Fleisch nicht zart genug, oder hat am Ende Mrs. Montgomery es nicht klein genug geschnitten?"

„Das Fleisch schmeckt ausgezeichnet, aber ich habe keinen Appetit." Ich goß mir noch ein Glas Mouton Rothschild nach; nicht wegen des Buketts trank ich den Wein, denn mein Gaumen schien wie abgestorben, sondern das vage Versprechen, Vergessen zu finden, lockte.

„Unter normalen Umständen, Jones", kündigte Dr. Fischer an, „hätten Sie mit der Weigerung zu essen Ihr Geschenk verwirkt; aber bei unserer heutigen, unserer allerletzten Party büßt niemand ein Geschenk ein, außer auf seinen eigenen, ausdrücklichen Wunsch!"

„Wer brächte es schon übers Herz, eines von *Ihren* Geschenken abzuweisen, Dr. Fischer?" fragte Mrs. Montgomery.

„Ich bin schon sehr gespannt, das in ein paar Minuten zu entdecken."

„Aber Sie wissen doch, dazu kann es niemals kommen, Sie nobler Mensch."

„Niemals ist ein großes Wort. Ich bin nicht sicher, ob nicht heute abend ... Albert, Sie vernachlässigen die Gläser. Das von Mr. Deane ist fast leer, und bei Monsieur Belmont sieht's auch so aus."

Nicht früher als beim Port (der am Ende der Mahlzeit nach englischer Gepflogenheit zusammen mit Stiltonkäse gereicht wurde) erläuterte er, was er meinte. Wie gewöhnlich war es wieder Mrs. Montgomery, die seine Erklärung auslöste.

„Mich jucken schon die Finger", sagte sie, „mich auf das Kleiefäßchen zu stürzen."

„Es enthält nur ein paar Knallbonbons", sagte Dr. Fischer. „Mr. Kips, Sie dürfen wirklich nicht einschlafen, bevor Sie Ihren Knaller gezogen haben. Sie halten den Port auf, Deane. Nein. Nicht so herum. Was haben Sie für eine Erziehung genossen? Im Uhrzeigersinn."

„Knaller", sagte Mrs. Montgomery. „Sie kleiner Schäker, Sie. Wir wissen Bescheid. Was in den Knallbonbons versteckt ist, darauf kommt es an."

„Sechs Knallbonbons", sagte Dr. Fischer, „und fünf davon enthalten jedes das gleiche Stückchen Papier."

„Ein Stückchen Papier?" rief Belmont erstaunt, und Mr. Kips versuchte mühsam, den Kopf in Richtung Dr. Fischers zu drehen.

„Sinnsprüche", erklärte Mrs. Montgomery. „Was ein richtiges Knallbonbon ist, das enthält einen Sinnspruch."

„Aber was noch?" wollte sich Belmont vergewissern.

„Keine Sinnsprüche", sagte Dr. Fischer. Jedes dieser Papierstücke ist mit einem gewissen Namen bedruckt und mit einer Adresse — Crédit Suisse, Bern."

„Aber es können doch wohl nicht Schecks sein?" fragte Mr. Kips.

„Es sind Schecks, Mr. Kips, und jeder von ihnen ist auf die gleiche Summe ausgestellt, damit niemand neidisch zu sein braucht."

„Das gefällt mir nicht so sehr, dieser Gedanke, Schecks unter Freunden ..." sagte Belmont. „Ich weiß schon, Dr. Fischer, Sie meinen es gut, und wir alle haben uns über die kleinen Geschenke gefreut, die Sie uns öfter als Abschluß einer Party überlassen haben, aber Schecks — das ist nicht — wie soll ich sagen — nicht sehr passend, finden Sie nicht, ganz abgesehen von den damit verbundenen steuerlichen Problemen?"

„Das ist's worauf es hinausläuft. Ich zahle euch aus, alle, euren gerechten Lohn."

„Wir sind nicht Ihre Angestellten, verdammt noch einmal", sagte Richard Deane.

„Sind Sie da so sicher? Haben Sie nicht alle Ihre Rollen gespielt, zu meiner Unterhaltung und Ihrem Gewinn zuliebe? Sie zum Beispiel, Deane, Ihnen muß es doch ganz vertraut gewesen sein, meine Anweisungen zu befolgen. Ich war für Sie nichts anderes als ein weiterer Regisseur, der Ihnen eine Begabung leiht, die Sie selbst nicht besitzen."

„Ich brauche Ihren beschissenen Scheck ja nicht anzunehmen."

„Sie müssen nicht, Deane, aber Sie werden es. Sie würden jede Rolle übernehmen, auch wenn sie sich dazu in einen Schweinekoben einsperren lassen müßten, vorausgesetzt, der Scheck ist hoch genug."

„Nun“, sagte Belmont, „wir haben ein Abendessen genossen, das uns immer in angenehmer Erinnerung bleiben wird. Wir sollten uns vor Exaltationen hüten. Ich begreife Deanes Standpunkt schon, meine aber doch, daß er ein wenig übertreibt.“

„Selbstverständlich steht es Ihnen völlig frei, die Annahme meiner kleinen Abschiedsgeschenke zu verweigern, wenn das Ihr Wunsch ist. Ich werde Albert sagen, er soll das Kleiefäßchen forttragen. Albert, haben Sie gehört, was ich gesagt habe? Tragen Sie das Kleiefäßchen in die Küche hinaus — nein, warten Sie einen Augenblick. Bevor Sie entscheiden, finde ich, sollten Sie wissen, was auf diesen Papierfetzen steht. Zwei Millionen Franken, auf jedem von ihnen.“

„Zwei Millionen!“ rief Belmont.

„Der Name ist auf keinem der Schecks ausgefüllt. Sie können also jeden beliebigen Namen einsetzen. Vielleicht hat Mr. Kips den Wunsch, seinen Scheck einem Forschungsinstitut zu spenden, das sich mit der Heilung von Rückgratverkrümmungen befaßt. Mrs. Montgomery will sich möglicherweise sogar einen Liebhaber gönnen. Deane kann einen Film mitfinanzieren. Er ist ohnehin in Gefahr, das zu werden, was man in seiner Branche nicht kreditwürdig nennt.“

„Ich finde es nicht ganz schicklich“, wandte Mrs. Montgomery ein. „Man hat beinahe den Eindruck, Sie halten unsere Freundschaft für käuflich.“

„Und ihr Smaragd hat Sie nicht auf diesen Gedanken gebracht?“

„Schmuck von einem Mann den man liebt, das ist ganz etwas anderes. Sie verstehen wohl nicht, Dr. Fischer, wie sehr wir Sie lieben. Nur platonisch, gewiß, aber ist eine platonische Liebe weniger echt als wenn man ... nun, Sie wissen schon, was ich meine.“

„Ich bin mir schon im klaren, daß kein einziger von Ihnen es nötig hat, sich zwei Millionen schenken zu lassen, um sich Freude zu machen. Sie sind alle reich genug, dieses Geld anderen zu spenden — aber ich bezweifle, daß irgendeiner von Ihnen das auch tun wird.“

„Es macht schon einen gewissen Unterschied“, sagte Belmont, „daß diese Schecks nicht auf unsere Namen ausgestellt sind.“

„Steuerlich“, sagte Dr. Fischer. „Ich war überzeugt, Sie würden es bequemer finden. Aber Sie wissen mit derlei Dingen besser Bescheid als ich.“

„Das war's nicht, woran ich dachte. Meine Überlegungen galten der Würde des Menschen.“

„Ach ja, ich verstehe schon, Sie meinten, es ist schwieriger, sich durch einen Scheck über zwei Millionen beleidigt zu fühlen, als durch einen über zweitausend Franken.“

„Ich hätte es anders ausgedrückt“, sagte Belmont.

Zum erstenmal meldete sich der Divisionär zu Wort. „Ich bin kein Finanzmensch wie Mr. Kips oder Monsieur Belmont“, sagte er. „Ich bin nur ein einfacher Soldat, aber ich kann nicht verstehen, welchen Unterschied es macht, ob man sich auf Kaviar einladen läßt oder auf einen Scheck.“

„Bravo, General“, sagte Mrs. Montgomery. „Das wollte ich gerade auch sagen.“

Mr. Kips sagte: „Ich habe mich nicht beschwert. Ich habe nur eine Frage gestellt.“

„Ich auch“, sagte Belmont. „Da unsere Namen auf den Schecks nicht aufscheinen ... ich habe nur versucht, einen vernünftigen Standpunkt zu beziehen, für uns alle — besonders für Mr. Deane, als Engländer. Dazu bin ich verpflichtet, als sein Steuerberater.“

„Sie empfehlen mir, ihn anzunehmen?“ fragte Deane.

„Unter den gegebenen Umständen, ja.“

„Albert. Sie können das Kleiefäßchen stehen lassen, wo es steht“, sagte Dr. Fischer.

„Etwas ist noch nicht aufgeklärt“, sagte Mr. Kips. „Sie haben sechs Knallbonbons erwähnt und von fünf Stück Papier gesprochen. Liegt das daran, daß Mr. Jones nicht mittut?“

„Mr. Jones soll dieselben Chancen haben wie jeder von Ihnen. Sie werden einer nach dem anderen aus dem Kleiefäßchen Ihren Knaller ziehen — und Sie werden ihn explodieren lassen, während sie dort bei dem Fäßchen stehen und dann erst an den Tisch zurückkehren. Das heißt, falls Sie überhaupt zurückkehren.“

„Was meinen Sie — falls?“ fragte Deane.

„Ehe ich Ihre Frage beantworte, möchte ich vorschlagen, daß jeder noch ein Glas Port leert. Nein, nein, Deane, bitte, ich habe es Ihnen doch schon einmal erklärt — nicht gegen den Uhrzeigersinn.“

„Sie machen uns ganz beschwipst", sagte Mrs. Montgomery.

Deane sagte: „Sie haben die Frage von Mr. Kips nicht beantwortet. Warum nur fünf Papiere?"

„Ich trinke auf Ihrer aller Wohl", sagte Dr. Fischer und erhob sein Glas. „Selbst wenn Sie sich weigern, den für Sie bestimmten Knaller zu ziehen, haben Sie sich ihr Dinner redlich verdient, denn Sie helfen mir, den letzten Teil meiner Untersuchung abzuschließen."

„Welcher Untersuchung?"

„Über die Gier der Reichen."

„Ich verstehe kein Wort."

„Der liebe Doktor Fischer. Das ist wieder einer seiner kleinen Scherze", sagte Mrs. Montgomery. „Trinken wir, Mr. Deane."

Sie leerten alle ihre Gläser. Ich merkte, daß sie mehr als nur ein bißchen alkoholisiert waren — nur ich selbst schien hoffnungslos verurteilt, mich verzweifelter Nüchternheit auszuliefern, was ich auch trank. Ich leerte mein Glas bis zur Neige. Ich war entschlossen, nichts mehr zu mir zu nehmen, ehe ich nicht zu Hause und wieder allein war. Dort konnte ich, wenn es mir behagte, mich auch zu Tode saufen.

„Jones schließt sich uns nicht an. Macht nichts. Heute abend nehmen wir alle unsere Spielregeln nicht so genau. Seit langem schon wollte ich wissen, wie weit Sie in Ihrer Habgier zu gehen bereit sind. Sie haben sich einer Menge schwerer Demütigungen unterworfen, haben sie hingenommen um des Geschenkes willen, das jeder Demütigung folgte. Unsere Porridge-Party war nur die letzte Probe. Ihre Habgier war größer als jede Demütigung, die ich genügend Phantasie hatte mir auszudenken.“

„Das waren doch keine Demütigungen, Sie lieber Mensch. Sie haben eben einen besonderen und wunderbaren Sinn für Humor. Es hat uns allen ebenso viel Spaß gemacht wie Ihnen.“

„Jetzt möchte ich wissen, ob Ihre Gier auch Ihre Furcht zu überwinden vermag — und deshalb habe ich dieses Fest organisiert — ich nenne es eine Bomben-Party.“

„Was quatscht der Kerl, eine Bomben-Party?“ Deanes Alkoholspiegel machte ihn angriffslustig.

„Der sechste Knaller enthält eine kleine Ladung Sprengstoff, wahrscheinlich eine tödliche Menge, die einer von Ihnen zur Detonation bringt, wenn er sein Knallbonbon auslöst. Deshalb auch steht das Kleiefäßchen ein gutes Stück von unserem Tisch entfernt, und zugleich ist das auch der Grund, weshalb die Knallbonbons vergraben sind und das Fäßchen mit einem Deckel verschlossen ist — falls nämlich ein Funken von einem der Scheiterhaufen hineinfliegt. Ich möchte noch erwähnen, daß es keinen Sinn hätte — ja sogar gefährlich wäre —, wenn Sie versuchen sollten, durch Verbiegen herauszufinden, was in Ihrem Knaller verborgen ist. Jeder von ihnen enthält dieselbe Metallhülse, aber nur in einer davon steckt, was ich die Bombe nenne. In den anderen stecken die Schecks.“

„Er macht Spaß“, behauptete Mrs. Montgomery.

„Vielleicht tue ich das. Am Ende der Party werden Sie es genau wissen. Lohnt das Spiel etwa nicht? Der Tod ist keine sichere Sache, selbst wenn Sie den gefährlichen Knaller gezogen haben, und ich gebe Ihnen mein Ehrenwort, daß die Schecks wirklich vorhanden sind. Jeder über zwei Millionen Franken."

„Aber wenn jemand getötet wird", sagte Belmont und zwinkerte mit den Augenlidern, „dann, dann wäre das doch Mord."

„O nein, nicht Mord. Ich habe Sie alle als Zeugen. Eine Art russisches Roulette. Nicht einmal Selbstmord. Ich bin überzeugt, Mr. Kips stimmt mir zu. Sollte jemand nicht mitspielen wollen, bitte ich ihn, den Tisch augenblicklich zu verlassen."

„Ich spiele ganz gewiß nicht mit", sagte Mr. Kips. Er sah sich um Beistand um, fand aber keinen. „Ich weigere mich, als Zeuge aufzutreten. Das gibt einen Riesenskandal, Dr. Fischer. Das ist noch das mindeste, was Ihnen bevorsteht."

Er erhob sich von seinem Sessel, und wärend er tiefgebeugt zwischen den Scheiterhaufen hindurch auf das Haus zuging, mußte ich wieder an eine kleine schwarze Sieben denken. Wie seltsam, daß ein Mensch, so behindert wie er, vor allen anderen das Wagnis eines Spiels mit dem Tod verweigerte.

„Die Chancen stehen fünf zu eins zu Ihren Gunsten", erinnerte ihn Dr. Fischer, während Kips an ihm vorüberging.

„Ich habe noch nie in meinem Leben um Geld gespielt", sagte Mr. Kips. „Ich halte so etwas für höchst unmoralisch."

Sonderbarerweise schienen diese Worte die Stimmung zu verbessern. Der Divisionär sagte: „Ich kann nichts Unmoralisches an Hasard sehen. In meinem Leben habe ich viele glückliche Zeiten in Monte Carlo verbracht. Einmal habe ich sogar dreimal hintereinander auf die 19 gesetzt und gewonnen."

„Ich fahre manchmal zum anderen Seeufer ins Casino nach Evian", sagte Belmont. „Ich setze nie hoch. Aber Puritaner bin ich keiner in diesen Dingen." Es war, als hätten sie alle die Bombe gänzlich vergessen. Vielleicht glaubte außer mir nur Mr. Kips, daß Dr. Fischer die Wahrheit gesprochen hatte.

„Mr. Kips nimmt alles viel zu ernst", sagte Mrs. Montgomery. „Er hat keinen Sinn für Humor."

„Was geschieht mit dem Scheck von Mr. Kips", erkundigte sich Belmont, „wenn sein Knallbonbon übrigbleibt?"

„Ich teile den Betrag zwischen Ihnen auf. Ausgenommen natürlich, sein Knallbonon enthält den Sprengstoff. Den würden Sie ja wohl kaum aufgeteilt sehen wollen."

„Noch vierhunderttausend Franken für jeden von uns", errechnete Belmont flink.

„Nein, schon ein wenig mehr. Einer von Ihnen wird wahrscheinlich nicht überleben."

„Überleben!" rief Deane. Vielleicht war er zu betrunken, um die Geschichte von dem mit Sprengstoff geladenen Knallbonbon bisher zu erfassen.

„Freilich", sagte Dr. Fischer, „könnte alles auch ein glückliches Ende finden. Die Bombe könnte auch im sechsten Knaller stecken."

„Meinen Sie das im Ernst, daß in einem der Knaller so eine Scheißbombe steckt?“

„Zwei Millionen und fünfhunderttausend Franken“, murmelte Mrs. Montgomery — offensichtlich hatte sie Belmonts Rechnung richtiggestellt, und nun träumte sie gewiß von dem glücklichen Ende, das Dr. Fischer erwähnt hatte.

„Sie, Deane, werden das kleine Hasardspielchen gewiß nicht ausschlagen, das weiß ich genau. Ich erinnere mich ganz deutlich, wie Sie sich in *Dünkirchen* als Freiwilliger mutig zu einem Todeskommando meldeten. Sie waren großartig — oder Sie hatten zumindest einen großartigen Regisseur. Beinahe hätten Sie damals einen Oscar dafür bekommen, nicht? ‚Ich übernehme das, Sir, vorausgesetzt, ich allein gehe und kein anderer.‘ Das war diese fabelhafte Textzeile, die ich nie vergessen werde. Wem ist das eigentlich eingefallen?“

„Mir selbst. Weder dem Drehbuchautor noch dem Regisseur. Mir ist das plötzlich so eingefallen, dort, während der Aufnahmen.“

„Herzlichen Glückwunsch, mein Junge. Und jetzt haben Sie also hier die Chance, allein zu gehen, zum Fäßchen.“

Ich hätte nie gedacht, daß Deane wirklich gehen würde. Er stand auf, goß seinen Port hinunter, und ich glaubte schon, er wolle Mr. Kips nacheilen. Aber vielleicht dachte er in seinem Suff, er sei wieder bei Filmaufnahmen und in einem Phantasie-Dünkirchen. Er griff sich kurz an den Kopf, als rücke er eine nicht vorhandene Offiziersmütze zurecht, doch während er sich noch in seine alte Rolle zurückversetzte, handelte Mrs. Montgomery bereits. Sie sprang vom Tisch auf, lief quer über die verschneite Rasenfläche zu dem Kleiefäßchen hinüber und rief „Ladies first!“ Sie warf den Deckel von dem Fäßchen und tauchte mit der Hand hinein. Vielleicht hatte sie sich ausgerechnet, daß der erste ein geringeres Risiko auf sich nahm als jeder folgende.

Belmont hatte wahrscheinlich dieselben Überlegungen angestellt, denn er protestierte „Wir hätten die Reihenfolge auslosen müssen.“

Mrs. Montgomery packte ihr Knallbonbon und zog an der Verschnürung. Es gab ein leises Plop, und eine kleine Metallhülse fiel in den Schnee. Sie stocherte die Papierrolle heraus und stieß einen Entzückensschrei aus.

„Stimmt etwas nicht?“ fragte Dr. Fischer.

„Alles stimmt, Sie Guter. Alles stimmt prächtig. Crédit Suisse, Bern. Zwei Millionen Franken.“ Sie rannte zum Tisch zurück. „Gebt mir eine Feder, schnell. Ich möchte meinen Namen einsetzen, wenn ich den Scheck verliere.“

„Ich empfehle Ihnen dringend, Ihren Namen nicht einzusetzen, bis wir alles sorgfältig besprochen haben“, sagte Belmont, aber ebensogut hätte er einer Tauben predigen können. Richard Deane stand kerzengerade da. Jeden Augenblick, dachte ich, wird er vor seinem Oberst salutieren. In Gedanken lauschte er wohl dem letzten Befehl, und deshalb hatte Belmont genug Zeit, das Kleiefäßchen noch vor ihm zu erreichen. Er zögerte den Bruchteil einer

Sekunde, dann zog er sein Knallbonbon heraus: die gleiche kleine Metallhülse, die gleiche Papierrolle kam zum Vorschein, und er lächelte selbstzufrieden, während sein Augenlid zuckte. Er hatte seine Chance berechnet — es war richtig gewesen zu hasardieren. Belmont war eben ein Mensch, der alles über Geld wußte.

Deane sagte: „Ich übernehme es, Sir, vorausgesetzt, ich allein gehe und kein anderer."

Aber dann ging er dennoch nicht. Vielleicht hatte der unsichtbare Regisseur in diesem Augenblick gerufen: „Schneiden!"

„Was ist mit Ihnen, Jones?" fragte Doktor Fischer. „Die Chancen werden immer schlechter."

„Ich sehe Ihnen lieber zu, was bei Ihrem verfluchten Experiment herauskommt. Gier siegt, nicht?"

„Wenn Sie zusehen wollen, dann müssen Sie zuletzt auch mitspielen — oder Sie verschwinden, wie Mr. Kips."

„Ach, ich spiele schon mit, das verspreche ich Ihnen. Ich setze auf den letzten Knaller. Da hat der Divisionär wenigstens ein geringeres Risiko."

„Sie sind ein dummer und langweiliger Mensch", sagte Dr. Fischer. „Es ist keine Kunst, den Tod zu wählen, wenn man sterben will. Was, um Himmels willen, treibt Deane da?"

„Ich glaube, er extemporiert."

Deane stand immer noch am Tisch, goß sich schon wieder Portwein ins Glas, aber diesmal nützte keiner die Verzögerung, denn außer mir war nur noch der Divisionär übriggeblieben.

„Danke, Sir", deklamierte Deane. „Ein guter Einfall. Angetrunkener Mut hat noch nie geschadet — ganz unnötig in unserem Fall, Hauptmann, ich weiß — Danke, Sir, aber je weniger man ihn nötig hat, desto besser schmeckt er — Wenn ich heil wiederkomme, trinken wir zusammen eine Flasche — Cockburn's, hoffentlich, so wie diese da, Sir."

Ich fragte mich, ob er den Dialog bis zum Morgengrauen ausspinnen wollte, aber beim letzten Satz stellte er das Glas hin, salutierte stramm, marschierte auf das Fäßchen los, fummelte auf der Suche nach einem Knaller darin herum, zog dann daran und fiel neben der Hülse und dem Scheck der Länge nach zu Boden.

„Stockbesoffen", sagte Doktor Fischer und beauftragte die Gärtner, ihn ins Haus zu tragen.

Vom Ende des Tisches sah der Divisionär zu mir herüber. „Warum sind Sie geblieben, Mr. Jones?" fragte er.

„Ich weiß nichts besseres mit meiner Zeit anzufangen, General."

„Nennen Sie mich nicht so. Ich bin kein General. Ich bin Divisionär."

„Weshalb sind Sie selbst geblieben, Divisionär?"

„Es ist zu spät, das Hasenpanier zu ergreifen. Ich habe nicht den Mut dazu. Ich hätte als erster ziehen sollen, als das Risiko noch kleiner war. Was hat dieser Deane vorhin herumgeredet?"

„Ich glaube, er spielte einen jungen Hauptmann, der sich freiwillig zu einem Todeskommando meldet."

„Ich bin Divisionär, und ein Divisionär geht nicht auf Todeskommando. Außerdem, in der Schweiz gibt es gar keine Todeskommandos. Wenn das hier nicht die Ausnahme von der Regel ist. Wollen Sie als erster gehen, Mr. Jones?"

Ich hörte, wie Mrs. Montgomery Belmont fragte: „Was halten Sie von Wandelschuldverschreibungen?"

„Sie haben schon zuviel davon", sagte Belmont, „und ich glaube, da können wir noch lange warten, bis sich der Dollar erholt."

„Mein Vorschlag ist, Sie gehen zuerst, Divisionär. Ich brauche das Geld nicht, und so haben Sie die besseren Chancen. Ich bin auf etwas anderes aus."

„Als ich ein kleiner Junge war", sagte der Divisionär, „habe ich immer russisches Roulette gespielt, mit einem Kapselrevolver. Das war sehr aufregend." Er machte keine Anstalten, sich vom Fleck zu rühren.

Ich hörte, wie Monsieur Belmont Mrs. Montgomery informierte: „Ich selbst, denke ich, werde in deutschen Papieren investieren. Zum Beispiel Badenwerk, Karlsruhe, die zahlen fünfachtel Prozent — nur weiß man nie genau, was von Rußland droht, nicht? Ziemlich undurchsichtig, was die Zukunft bringt."

Da der Divisionär nicht zu beabsichtigen schien, sich von der Stelle zu regen, tat ich es. Ich wollte das Ende der Party herbeiführen.

Ich mußte eine Menge Kleie beiseite schieben, bis

ich ein Knallbonbon fand. Zum Unterschied von dem Jungen mit dem Kapselrevolver empfand ich keinerlei Erregung — nur ein Gefühl von Frieden überkam mich, als ich den Knaller spürte, daß Anna-Luise näher bei mir war als je, seit ich in dem Spitalzimmer warten mußte und der junge Arzt mir sagte, daß sie tot war. Ich hielt den Knaller, als hielte ich ihre Hand, während ich dem Gespräch am Tisch lauschte.

Belmont sagte zu Mrs. Montgomery: „Eher habe ich noch zu den Japanern Vertrauen. Mitsubishi zahlen nur sechs dreiviertel, aber bei einer Investition von zwei Millionen sollte man keine sinnlosen Risiken eingehen."

Der Divisionär stand neben mir.

„Ich finde, wir sollten jetzt gehen", sagte Mrs. Montgomery. „Ich fürchte, es wird was passieren, obwohl ich natürlich im tiefsten Innern felsenfest überzeugt bin, daß Doktor Fischer uns nur ein bißchen an der Nase herumgeführt hat."

„Wenn Sie Ihren Wagen mit dem Chauffeur nach Hause schicken, bringe ich Sie heim, und wir können unterwegs Ihre Investitionen besprechen."

„Sie werden doch wohl das Ende der Party abwarten?" fragte Dr. Fischer. „Es wird jetzt nicht mehr lange dauern."

„Oh, es war eine wundervolle letzte Party, aber es ist für meine Verhältnisse fast schon zu spät geworden." Sie wedelte zum Abschied mit der Hand in unsere Richtung. „Gute Nacht, General. Gute Nacht, Mr. Jones. Wo steckt nur Mr. Deane?"

„Auf dem Fußboden in der Küche vermutlich. Ich hoffe, Albert klaut nicht seinen Scheck. Dann würde er nämlich kündigen — und ich wäre einen guten Diener los."

Der Divisionär wisperte mir ins Ohr: „Wir könnten natürlich einfach weggehen und ihn allein lassen? Wenn Sie mit mir kämen — allein will ich nicht gehen."

„Ich wüßte nicht, wo ich hingehen sollte."

Trotz seines Flüsterns hatte Dr. Fischer ihn verstanden. „Sie kannten die Spielregeln von Anfang an, Divisionär, Sie hätten zusammen mit Mr. Kips mein Haus verlassen können, bevor das Spiel begann. Weil jetzt die Chancen nicht mehr so gut sind wie anfangs, haben Sie Angst. Denken Sie doch auch einmal an Ihre Ehre als Soldat, und an den Preis. In diesem Faß dort liegen immer noch zwei Millionen Franken."

Aber der Divisionär rührte sich nicht von der Stelle. Er sah mich immer noch flehentlich an. Wenn man sich fürchtet, braucht man Gesellschaft. Unbarmherzig hämmerten Dr. Fischers Worte auf ihn ein: „Wenn Sie schnell handeln, stehen die Chancen zwei zu eins zu Ihren Gunsten."

Der Divisionär schloß die Augen und fand sein Knallbonbon beim ersten Tauchversuch, aber danach stand er eine ganze Weile unentschlossen neben dem Fäßchen.

„Kommen Sie an den Tisch zurück, Divisionär, wenn Sie solche Angst haben, an der Schnur zu ziehen, und geben Sie Mr. Jones eine Chance."

Der Divisionär warf mir einen klagenden Blick zu wie ein Spaniel, der versucht, sein Herrchen dazu zu bewegen, endlich das magische Wort auszusprechen: „Gassi gehen." Ich sagte: „Ich habe als erster von uns beiden meinen Knaller gezogen. Deshalb, finde ich, sollten Sie mir gestatten, meinen auch zuerst zum Platzen zu bringen."

„Selbstverständlich, selbstverständlich", sagte er. „Das ist Ihr gutes Recht."

Ich beobachtete ihn, bis er sich in sicherer Entfernung an seinen Platz am Tisch begeben hatte. Seinen Knaller nahm er mit. Ohne meine linke Hand fiel es mir gar nicht leicht, meinen Knaller platzen zu lassen. Während ich überlegte, fiel mir auf, daß der Divisionär mich beobachtete, mich voll Hoffnung beobachtete. Vielleicht schickte er ein Stoßgebet zum Himmel — schließlich hatte ich ihn ja auch bei der Christmette getroffen, er war vielleicht ein gläubiger Mensch, vielleicht betete er in diesem Augenblick zu Gott: „Bitte, gütiger Gott, spreng *ihn* in die Luft." Ich hätte wahrscheinlich ganz ähnlich gebetet — „Laß dies mein Ende sein" — wenn ich ein gläubiger Mensch gewesen wäre, und war mir nicht wenigstens eine Art Halbglauben geschenkt worden, während ich da stand, den Knaller in der Hand? Warum sonst wohl fühlte ich Anna-Luises Nähe? Anna-Luise war tot. Nur dann konnte sie weiterexistieren, irgendwo, wenn auch Gott existierte. Ich nahm ein Ende des herausragenden Papierfadens zwischen die Zähne und zog an dem anderen Ende. Ein schwaches Geräusch, dann hatte ich das Gefühl, daß Anna-Luise ihre Hand der meinen entzog und von mir fortschritt, zwischen den Scheiterhaufen hindurch, hinunter zum See, um ein zweitesmal zu sterben.

„Nun, Divisionär", sagte Dr. Fischer, „jetzt stehen die Chancen eins zu eins." Nie zuvor hatte ich Fischer so gehaßt wie in diesem Augenblick. Er verhöhnte uns alle beide. Er verhöhnte meine Enttäuschung und er verhöhnte die Furcht des Divisionärs.

„Zu guter Letzt bieten Sie nur noch dem feindlichen Feuer die Stirn, Divisionär. Haben Sie das nicht immer schon erträumt, während all der langen Jahre unserer Schweizer Neutralität?"

Ich hörte die traurig klingende Stimme des Divisionärs. Während ich dastand und auf den geplatzten nutzlosen Knaller in meiner Hand niederstarrte.

„Damals war ich jung. Heute bin ich alt."

„Aber zwei Millionen Franken, denken Sie doch! Ich kenne Sie doch seit langem und ganz genau, Divisionär, und ich weiß, wie sehr Sie Geld schätzen. Sie haben Geld geheiratet und ganz gewiß nicht Schönheit, aber selbst als Ihre Frau starb und Ihnen alles hinterließ, was sie besaß, genügte Ihnen auch das noch nicht, sonst hätten sie nie einen Fuß in mein Haus gesetzt und wären nicht zu meinen Partys gekommen. Jetzt haben Sie Ihre Chance. Zwei Millionen Franken, die Sie selber verdient haben. Zwei Millionen Franken dafür, daß Sie ein bißchen Mut zeigen. Militärischen Mut. Sich dem Feuer auszusetzen, Divisionär."

Ich blickte über die Rasenfläche hinweg zum Tisch

hin und sah, daß der alte Mann fast zu weinen begann. Ich steckte die Hand noch einmal in das Fäßchen und zog das letzte Knallbonbon heraus, das für Mr. Kips bestimmt gewesen war. Wieder nahm ich es zwischen die Zähne, wieder ertönte der leichte fauchende Knall, nicht lauter als wenn man ein Streichholz entzündet.

„Was für ein Narr Sie doch sind, Jones!" sagte Dr. Fischer. „Wozu die Eile? Den ganzen Abend schon stört mich Ihre Anwesenheit. Sie sind anders als die anderen. Sie passen nicht ins Bild. Sie haben niemandem geholfen. Jemand wie Sie, das beweist nichts. Sie sind auch nicht hinter Geld her. Sie sind nur auf Ihren eigenen Tod gierig. Mich interessiert das nicht, diese Art Gier."

Der Divisionär stammelte: „Aber jetzt ist nur noch mein Knaller übrig."

„Ja, Divisionär, und jetzt sind Sie dran, Sie allein. Sie können nicht mehr ausweichen. Sie müssen das Spiel schon zu Ende spielen. Stehen Sie auf. Stellen Sie sich dort drüben hin. Zum Unterschied von Jones habe ich keine Lust zu sterben", aber der alte Mann rührte sich nicht von der Stelle.

„Ich kann Sie nicht wegen Feigheit vor dem Feind erschießen lassen, aber ich schwöre Ihnen, diese Geschichte wird ganz Genf zu hören bekommen."

Ich zog die beiden Schecks aus den Metallhülsen und kehrte mit ihnen an den Tisch zurück. Einen Scheck warf ich zu Dr. Fischer hinüber. „Das ist der Anteil von Mr. Kips", sagte ich, „den Sie unter den anderen aufteilen werden."

„Sie behalten den anderen?“

„Ja.“

Er lächelte mir auf seine tückische Weise zu. „Na also, Jones, mir bleibt doch noch die Hoffnung, Sie könnten in das Bild passen. Setzen Sie sich und trinken Sie noch ein Glas, während der Divisionär versucht, Mut zu fassen. Sie sind jetzt ziemlich wohlhabend. Relativ, meine ich. Nach Ihren Maßstäben. Heben Sie das Geld morgen von der Bank ab und verstecken Sie es irgendwo. Ich glaube wirklich, Sie werden bald genauso denken wie alle die andern. Ich könnte sogar noch einmal anfangen, Partys zu geben, nur um zu sehen, wie Ihre Gier wächst. Mrs. Montgomery, Belmont, Kips, Deane, sie waren alle nicht viel anders als heute, damals, als ich sie kennenlernte. Aber Sie, Sie hätte ich erschaffen. Genau so, wie Gott Adam schuf. Divisionär, Ihre Zeit ist um. Halten Sie uns nicht noch länger auf. Das Spiel ist aus, die Scheiterhaufen verlöschen, es wird kalt und es ist Zeit, Albert will den Tisch abräumen.“

Der Divisionär saß stumm da, das alte Gesicht über den Tisch gebeugt, auf dem das Knallbonbon lag. Ich dachte: Er weint ja wirklich (seine Augen konnte ich nicht sehen), weint um den verlorenen Traum von Heldentum, mit dem sich wohl jeder junge Soldat zu Bett legt.

„Ermannen Sie sich, Divisionär.“

„Wie sehr Sie sich selbst verachten müssen“, sagte ich zu Dr. Fischer. Ich weiß nicht, warum ich diesen Satz sagte. Es war, als hätte ihn mir jemand zugeflüstert, und ich hatte ihn einfach weitergegeben.

Ich schob meinen Scheck über den Tisch dem Divisionär zu und sagte: „Ich kaufe Ihnen den Knaller ab, um zwei Millionen. Geben Sie ihn her."

„Nein, nein", seine Stimme war kaum vernehmbar, aber er widersetzte sich nicht, als ich ihm den Knaller aus den Fingern wand.

„Was soll das heißen, Jones?"

Ich konnte mir nicht die Mühe machen, Dr. Fischer zu antworten — ich hatte Wichtigeres zu tun — außerdem, ich hätte keine Antwort gewußt. Diese Antwort hatte er mir nicht geschenkt, er, der mir die Worte vorhin eingegeben hatte.

„Rühren Sie sich nicht von der Stelle, Sie Idiot. So sagen Sie doch, was um Himmels willen soll das heißen?"

Ich war viel zu glücklich, um etwas zu sagen, denn ich hielt den Knaller des Divisionärs in der Hand und marschierte vom Tisch weg und über die Rasenfläche zum See hin, in die Richtung, die meiner Vorstellung nach auch Anna-Luise eingeschlagen hätte. Der Divisionär verbarg sein Gesicht in den Händen, während ich an ihm vorüberschritt; die Gärtner hatten uns verlassen, und die Scheiterhaufen schwelten nur noch leicht. „Kommen Sie zurück", rief Dr. Fischer mir nach, „kommen Sie zurück, Jones. Ich muß mit Ihnen reden."

Ich dachte, wenns ums Letzte geht, dann fürchtet auch er sich. Er will wohl einen Skandal vermeiden. Aber ich werde ihm nicht dabei helfen. Das ist mein Tod, der mir gehört, er war mein Kind, mein einziges Kind, und er war auch Anna-Luises Kind.

Kein Schiunfall konnte uns beiden das Kind rauben, das ich jetzt in meiner Hand hielt. Ich war nicht länger einsam — die beiden dort waren einsam, der Divisionär und Dr. Fischer, wie sie da saßen an den beiden Enden des Tisches und warteten, den Knall zu hören, der mein Tod war.

Ich ging bis ans Seeufer hinunter, wo mich der sanfte Abfall des Rasens den Blicken der beiden entzog, und nahm zum drittenmal, diesmal mit ungeteilter Zuversicht, das Band zwischen meine Zähne und zog mit der rechten Hand an dem Knaller.

Das schwache, unbedeutende Pfauchen und die darauffolgende Stille zeigten mir, wie grenzenlos ich zum Narren gehalten worden war. Dr. Fischer hatte mir meinen Tod gestohlen und den Divisionär gedemütigt; er hatte seine Theorie über die Gier seiner reichen Freunde bewiesen, und er saß jetzt wohl an der Tafel und lachte uns beide aus. Kein Zweifel, für ihn war seine letzte Party vorzüglich gelaufen.

Die Entfernung zwischen uns war zu groß, als daß ich sein Gelächter hätte hören können. Was ich hörte, war das Knarren von Schuhen und das Tappen von Schritten im Schnee, die das Seeufer entlang näher kamen. Wer es auch sein mochte, als er mich erblickte, blieb er abrupt stehen. Ich selbst sah nur einen schwarzen Anzug gegen den weißen Schnee. Ich fragte: „Wer ist da?“

„Ach, Mr. Jones“, sagte eine Stimme. „Natürlich, das muß Mr. Jones sein.“

„Ja.“

„Sie kennen mich wohl nicht mehr. Ich heiße Steiner.“

„Was in aller Welt tun Sie hier?“

„Ich habe es nicht mehr ausgehalten.“

„Was ausgehalten?“

„Was er ihr angetan hat.“

In diesem Augenblick war ich in Gedanken so mit Anna-Luise beschäftigt, daß ich keine Ahnung hatte, von wem er sprach. Endlich sagte ich: „Sie können jetzt nichts mehr daran ändern.“

„Ich habe gehört, was Ihrer Frau zugestoßen ist. Es tut mir so leid. Sie war genau wie Anna. Als ich erfuhr, daß sie gestorben ist, hatte ich das Gefühl, daß Anna ein zweitesmal sterben mußte. Bitte verzeihen Sie mir, ich rede ungereimtes Zeug.“

„Nein, ich verstehe schon, wie Ihnen zumute war.“

„Wo ist er?“

„Wenn Sie Dr. Fischer meinen, der hat sich seinen besten und seinen letzten Spaß geleistet, und wahrscheinlich sitzt er jetzt dort oben und schüttelt sich vor Lachen.“

„Ich muß mit ihm sprechen.“

„Wozu?“

„Dort, in diesem Spital hatte ich viel Zeit nachzudenken. Ich sah Ihre Frau vor mir, und deshalb mußte ich alles noch einmal überdenken. Wie sie dort in dem Laden stand, ich hatte das Gefühl, Anna sei noch einmal ins Leben zurückgekehrt. Bis dahin hatte ich mich viel zu sehr mit den Dingen abgefunden — er war ja so mächtig — er hatte

Dentophil-Duft erfunden — er war ein bißchen wie Gott der Allmächtige — er konnte mir meine Arbeit nehmen — er konnte mir sogar Mozart wegnehmen. Nach ihrem Tod wollte ich nie wieder Mozart hören. Bitte, verstehen Sie das doch, bitte, um ihretwillen. Wir waren nie wirklich ein Liebespaar, aber er hat etwas Unschuldiges besudelt. Jetzt will ich vor ihn hintreten, so nahe, daß ich dem Allmächtigen ins Gesicht spucken kann."

„Dazu ist es ein bißchen zu spät, finden Sie nicht?"

„Es ist nie zu spät, Gott den Allmächtigen anzuspucken. Er währt von Ewigkeit zu Ewigkeit, Amen. Und er hat aus uns das gemacht, was wir sind."

„Vielleicht er schon, aber Doktor Fischer nicht."

„Er hat aus mir gemacht, was ich jetzt bin."

„Ach so", sagte ich — das kleine Männchen machte mich ungeduldig, weil es meine Einsamkeit gestört hatte —, „so meinen Sie es. Dann gehen Sie doch hin und spucken Sie. Wohl bekomm's!"

Er wandte den Blick von mir ab und sah hangaufwärts, wo wir in dem verlöschenden Licht der Flammen kaum noch etwas unterscheiden konnten, doch es erwies sich, daß Herr Steiner die Böschung nicht zu erklimmen brauchte, um Dr. Fischer gegenüberzustehen, denn Dr. Fischer kam über die Böschung herunter auf uns zu: er ging langsam und schwerfällig, vorsichtig Fuß vor Fuß setzend, und manchmal rutschte er auf einem vereisten Rasenstück aus.

„Na also, da kommt er ja“, sagte ich. „Sammeln Sie Spucke, damit’s klappt.“

Wir standen regungslos da und warteten. Er schien unendlich lange bis zu uns zu brauchen. Dicht vor uns blieb er stehen und sagte zu mir: „Ich wußte nicht, daß Sie hier sind. Vermutlich ist er weggegangen, dachte ich. Sie sind alle weggegangen. Auch der Divisionär ist weg.“

„Samt Scheck?“

„Natürlich. Samt Scheck.“ Er starrte durch die Dunkelheit auf meinen Gefährten. Dann sagte er: „Sie sind nicht allein. Wer ist dieser Mensch?“

„Er heißt Steiner.“

„Steiner?“ Noch nie zuvor hatte ich Dr. Fischer ratlos gesehen. Jetzt sah er aus, als hätte er seinen Verstand und sein Erinnerungsvermögen am Tisch zurückgelassen. Er schien zu erwarten, ich würde ihm zu Hilfe kommen, aber ich hatte keine Lust dazu.

„Was für ein Steiner? Was hat der hier zu suchen?“ Fischer wirkte, als suche er etwas, das er verräumt hatte, so wie ein Mensch die einzelnen Gegenstände in einer überfüllten Schublade hin und her schiebt oder umdreht, um ein Scheckbuch oder einen Reisepaß zu finden.

„Ich kannte Ihre Frau“, sagte Steiner. „Sie haben dafür gesorgt, daß mich Mr. Kips hinausgeworfen hat. Sie haben unser beider Leben zerstört.“

Nach diesen Worten standen wir alle drei stumm da in der Dunkelheit im Schnee. Es war, als erwartete jeder, daß sich etwas ereigne, aber keiner von uns ahnte, was es sein würde: ein Hohngelächter, ein Schlag, ein einfaches Sichabwenden. Das war der Augenblick, in dem Herr Steiner etwas tun mußte, doch er tat nichts. Vielleicht wußte er, daß er nicht weit genug spucken konnte.

Schließlich sagte ich: „Ihre Party war ja ein Riesenerfolg."

„Ja?"

„Es ist Ihnen gelungen, jeden einzelnen von uns zu demütigen. Was planen Sie als nächstes?"

„Ich weiß es nicht."

Wieder hatte ich den Eindruck, er wünschte, ich sollte ihm zu Hilfe kommen. Er sagte: „Sie haben da vorhin etwas gesagt ..." Unglaublich: der große Dr. Fischer aus Genf bat Alfred Jones, ihm dabei behilflich zu sein, daß seine Erinnerung wiederkehre — woran?

„Was müssen Sie gelacht haben, als ich den letzten Knaller gekauft habe und Sie wußten, wenn ich daran ziehe, gibt es keine gewaltige Explosion, sondern nur einen kleinen Furz."

Er sagte: „Ich wollte *Sie* doch nicht demütigen."

„Das war eine Extradividende für Sie, nicht?"

„So hatte ich es nicht geplant. Sie gehören doch nicht zu denen", sagte er und murmelte ihre Namen einen nach dem anderen: eine Art Anwesenheitsappell der Kriechtiere. „Kips, Deane, Mrs. Montgomery, der Divisionär, Belmont und die beiden, die schon gestorben sind."

Herr Steiner sagte: „Sie haben Ihre Frau umgebracht."

„Ich habe sie nicht umgebracht."

„Sie starb, weil sie nicht mehr leben wollte. Ohne Liebe."

„Liebe? Ich lese keine Liebesgeschichten, Steiner."

„Aber Ihr Geld lieben Sie doch, nicht wahr?"

„Auch nicht. Jones kann Ihnen erzählen, wie ich heute abend fast alles weggegeben habe."

„Für welches Ziel werden Sie jetzt leben, Fischer?" fragte ich. „Ich kann mir nicht vorstellen, daß irgendwer von Ihren Freunden je wieder den Fuß in Ihr Haus setzt."

Doktor Fischer sagte: „Sind Sie so überzeugt, daß ich weiterleben will? Wollen Sie denn weiterleben? Es sah nicht so aus, als Sie diese Knaller an sich nahmen. Will — wie heißt dieser Kerl — dieser Steiner weiterleben? Ja, vielleicht wollen Sie beide es sogar. Und wenn es wirklich drauf ankommt, wer weiß, vielleicht spüre auch ich diese Versuchung? Wozu stehe ich sonst hier herum?"

„Jedenfalls haben Sie heute abend Ihren Spaß gehabt", sagte ich.

„Ja, es war besser als nichts. Nichts ist etwas Furchteinflößendes, Jones."

„Eine sonderbare Art Rache haben Sie sich ausgesucht", sagte ich.

„Wieso Rache?"

„Nur weil eine einzige Frau Sie verachtete, haben Sie die ganze Welt verachtet."

„Sie hat mich nicht verachtet. Vielleicht hat sie mich gehaßt. Kein Mensch wird je in die Lage kommen, mich zu verachten, Jones."

„Ausgenommen Sie selbst.“

„Ja — jetzt erinnere ich mich wieder, das war es, was Sie sagten.“

„Es stimmt doch, oder nicht?“

Er sagte: „Es war eine Krankheit, die mich befiel, als Sie in mein Leben traten, Steiner. Ich hätte Kips beauftragen sollen, Ihr Gehalt zu verdoppeln, und ich hätte Anna alle Mozartplatten verehren können, die sie sich wünschte. Ich hätte sie kaufen können und Sie auch, so wie ich alle die anderen gekauft habe — ausgenommen Sie, Jones. Jetzt ist's zu spät, Sie zu kaufen. Wie spät ist es denn?“

„Mitternacht vorbei“, sagte ich.

„Zeit, schlafen zu gehen.“

Er stand einen Augenblick in Gedanken versunken da, dann setzte er sich in Bewegung, aber nicht in Richtung auf das Haus zu. Er ging langsam über den Rasen das Seeufer entlang, bis er unseren Blikken entschwunden war und das Tappen seiner Schritte im Schweigen des Schnees unterging. Selbst die kleinen Wellen des Sees unterbrachen nicht die Stille: keine Brandung schlug dort unten an den Strand.

„Armer Teufel“, sagte Steiner.

„Sie sind sehr barmherzig, Steiner. Ich habe nie jemand so sehr gehaßt wie diesen Menschen.“

„Sie hassen ihn, und wahrscheinlich tue ich's auch. Aber Haß — das ist nicht wichtig. Haß ist nicht ansteckend. Haß breitet sich nicht aus. Man kann einen Menschen hassen, und damit hat sich's. Wenn man aber beginnt, jemanden zu verachten, wie Dr. Fischer, dann verachtet man bald alle Welt."

„Ich wünschte, Sie hätten Ihre Absicht wahrgemacht und ihm ins Gesicht gespuckt."

„Das konnte ich nicht mehr. Verstehen Sie doch — in diesem Augenblick — da habe ich für ihn nur Mitleid empfunden."

Was hätte ich darum gegeben, daß Fischer hörte, wie ihn Steiner bemitleidete.

„Es ist zu kalt, um hier herumzustehen", sagte ich, „wir werden uns noch den Tod holen ..." Aber war es nicht eben das, was ich mir gewünscht hatte? Ich brauchte nur lang genug auszuharren. Ein scharfer Knall zerriß den Gedanken in zwei Stücke.

„Was war das?" fragte Steiner. „Ein Auspuff?"

„Den könnte man hier nicht hören, die Straße ist zu weit entfernt."

Wir brauchten nur etwa hundert Meter zu gehen, dann stießen wir auf Dr. Fischers Körper. Der Revolver, den er in die Tasche gesteckt haben mußte, lag neben seinem Kopf. Der Schnee schluckte bereits das Blut. Ich streckte die Hand aus, um die Waffe an mich zu nehmen — sie konnte auch mir noch, dachte ich, gute Dienste leisten —, aber Steiner hielt mich zurück. „Überlassen Sie das der Polizei", sagte er. Ich schaute auf den Leichnam hinunter, und er hatte nicht mehr Bedeutung als ein toter Hund. Das also, dachte ich, ist das Stück Dreck, das ich in Gedanken mit nichts Geringerem verglichen habe als mit Jehova und mit Satan.

17

Die Tatsache, daß ich dies alles zu Papier gebracht habe, sagt deutlich genug, daß ich niemals genügend Mut aufbrachte, mich umzubringen; in jener Nacht brauchte ich keinen Mut, weil mich ein Übermaß an Verzweiflung beherrschte, aber da die gerichtliche Untersuchung ergab, daß der Revolver nur eine einzige Kugel enthalten hatte, hätte mir meine Verzweiflung selbst dann nichts genützt, wenn Herr Steiner sich nicht der Waffe bemächtigt hätte. Der Alltag mit seinen immer gleichbleibenden Verrichtungen höhlt allen Mut aus, und die Verzweiflung wächst mit jedem Tag, den man erlebt, bis am Ende der Tod jede Bedeutung zu verlieren scheint. Ich hatte gefühlt, wie nahe mir Anna-Luise war, als ich das Whiskyglas an die Lippen setzte, und dann noch einmal, als ich mit den Zähnen den Knaller zog, doch nun hatte ich jede Hoffnung verloren, ihr, und sei es auch in noch so ferner Zukunft, noch einmal zu begegnen. Allein, wenn ich an einen Gott zu glauben vermocht hätte, wäre es möglich gewesen, davon zu träumen, wir beide könnten jemals diesen *jour le plus long* erfahren. Es war, als wäre beim Anblick von Dr. Fischers Leiche mein halbherziger Glaube zusammengeschrumpft. Das Böse war so tot wie ein Hundekadaver, und weshalb sollte das Gute unsterblicher sein als das Böse? Ich hatte keine Ursache mehr, Anna-Luise zu folgen, wenn der Weg nur ins Nichts führte. Solange ich lebte, konnte ich mich wenigstens an sie erinnern. Ich besaß zwei Photos von ihr, Schnappschüsse, und einen Zettel, auf den sie ein paar Zeilen geschrieben hatte, um eine Verabredung mit mir zu treffen, ehe wir noch zusammen lebten; es gab noch den Lehnsessel, in dem sie gern saß, und die Küche, aus der das Klappern der Teller gedrungen war, ehe wir die Spülmaschine gekauft hatten. Das alles war wie die knöchernen Reliquien, die man in katholischen Kirchen aufbewahrt. Einmal, als ich mir gerade ein Ei zum Abendessen kochte, ertappte ich mich, wie ich mir selbst eine Zeile vorsagte, die ich den Priester bei der Christmette in Saint Maurice hatte sprechen hören: „Sooft ihr dieses tuet, tut es zu meinem Gedächtnis.“ Sterben war nicht mehr eine Antwort — es war eine Belanglosigkeit.

Manchmal trinke ich eine Tasse Kaffee mit Herrn Steiner — Alkohol rührt er nicht an. Er erzählt von Anna-Luises Mutter, und ich unterbreche ihn nie. Ich lasse ihn vor sich hinreden und ich denke an Anna-Luise. Unser Feind ist tot, und unser Haß ist mit ihm gestorben. Was uns geblieben ist, das sind unser beider sehr verschiedene Erinnerungen an unsere Liebe. Die Kriechtiere wohnen immer noch in Genf, und ich fahre so selten wie möglich in diese Stadt. Einmal, in der Nähe des Bahnhofs, sah ich Belmont, aber wir sprachen nicht miteinander. Auch Mr. Kips bin ich mehrere Male begegnet, aber seine

Blicke sind auf den Gehsteig geheftet und er sieht mich nie, und das einzig Mal, als ich Deane traf, war er viel zu betrunken, um mich zur Kenntnis zu nehmen. Einzig Mrs. Montgomery belästigte mich einmal in Genf, als sie mir fröhlich von der Schwelle eines Juwelierladens aus zurief: „Also, wirklich, das ist doch Mr. Smith“, doch ich tat, als hörte ich sie nicht und eilte weiter, zu einer Besprechung mit einem Kunden aus Argentinien.